雪泥鸿爪

XUE NI HONG ZHAO

——哈佛访学一

焦小婷 著

東北林業大學出版社
Northeast Forestry University Press
·哈尔滨·

图书在版编目（CIP）数据

雪泥鸿爪：哈佛访学一／焦小婷著．—哈尔滨：
东北林业大学出版社，2016．12（2025.4重印）
ISBN 978－7－5674－0990－3

Ⅰ．①雪…　Ⅱ．①焦…　Ⅲ．①随笔—作品集—中国—当代
Ⅳ．①I267．1

中国版本图书馆CIP数据核字（2017）第015603号

责任编辑：赵　侠　王　莹
封面设计：宗彦辉
出版发行：东北林业大学出版社
（哈尔滨市香坊区哈平六道街6号　邮编：150040）
印　　装：三河市天润建兴印务有限公司
开　　本：710 mm×1 000 mm　1/16
印　　张：17．5
字　　数：249千字
版　　次：2017年9月第1版
印　　次：2025年4月第3次印刷
定　　价：49．80元

目　录

踏上美国

2014年8月27日，我其实是“一只脚在中国、一只脚在美国”度过的。飞机于北京时间下午1点40分起飞，美国时间下午3点30分抵达波士顿的洛根国际机场，空中飞行13个小时30分钟。我第一次踏上美国的土地，没有新鲜、好奇、期待，只有疲劳。海南航空公司的航班不用转机，但飞机上提供的食物实在难以下咽。我看电影看不进去，想睡睡不着，脑子混乱，无法正常思考任何问题，就这样昏昏沉沉地来到了地球的另一边。机场入海关的时间长达两个小时，听着边上美国人讲得听不怎么分明的美语，顿时觉得身边中国人说的汉语无比亲切。入关照样很顺利，走出机场也很快联系到了接机的朋友。我没有任何方向感，七拐八拐地到了网上预订的住处，刚刚离开家和家人，进入一个拥挤、狭窄、闷热、陌生的空间，心里犯愁，365天，该怎么在这样的地方度过？不想整理行李，不想铺床睡觉，明天我该干什么？

在哈佛校园的第一天

我在市中心办了手机卡和交通卡，来到黑人文化文学研究中心，104 Mount Alboun Street，在门口遇见一个黑人单身母亲和她的双胞胎女儿，和她们聊了近一个小时。母亲刚离婚，女儿上高二，典型的单亲家庭。母亲努力工作养家，孩子们无忧无虑地上学。女儿们像世界上所有的少女一样，她们的梦想是成为明星，小的想玩 rap 音乐。两人都喜欢亚洲文化，知道的几个汉语词是“你好”和“老板”。对于我了解的诺贝尔文学奖得主莫里森，她们只听过名字，还谈到了美国主持界名流艾伦和奥普拉。

我遇到的另一位是在哈佛广场卖唱的黑人，他声音沙哑，但唱得很有激情，也很动听。

刚来第三天，我就开始找房子继续搬家，网上联系了几家，正等回应。昨晚我去看了一家维多利亚式的房子，主人是一位大约 70 岁的老太太 Shella，曾经是个心理咨询师。她家里藏书不少，很健谈，喜欢读书，我们很有共同语言，她反复夸我的英语说得好，也非常希望我能住进去，后来又反复打了三次电话，说愿意留下这间房子给我，并希望常联系并成为朋友。有趣的是，她说话的语音、语调和方式像极了在英国时对我特别好的Geraldine。可怜的Geraldine现在有病了，遥祝她快乐健康。如果再没有合适的房源，我真可能选择她的房子了。

之后我走进哈佛校园，适逢美国的劳动节，放三天假，来往的游人很多，提供免费的Wi-Fi，草地上放着很多五颜六色的舒适的椅子，人们在看书、聊天、睡觉、吃饭、玩耍。蓝天、白云、红墙、绿草，小鸟、松鼠悠然地随意穿梭，有初秋的凉风飒飒吹着，人头攒动但绝不嘈杂，整个校园既活泼、阳光，又庄重、肃穆。

心想：珍惜机会！

第一次搬家

昨天的主要任务是继续寻找房源！来波士顿的第二天，我果断搬离来美国前通过网络预租的房子——那里的环境实在令人无法忍受。二房东是中国广州的一对夫妻和两个分别四岁、两岁多的儿子。丈夫在哈佛做博士后，早上 7 点出门，晚上 11 点才回来，妻子在家专职带儿子。年轻的妈妈显然不知道怎么收拾房间，倒是干净，但家里的每个空间都堆满了杂物，让人看了心里堵得满满的，再也装不进任何感兴趣的东西。坐了 13 个多小时的飞机，疲惫不堪，时间接近午夜，但内心仍然拒绝开箱包整理衣物，简单地铺了床休息，且碰上了波士顿难得的夏夜燥热。更没想到的是，房子邻路，车流整夜不息，时不时有开足马力呼啸而过的摩托车在暴露着车主的年龄，却让处于尴尬年龄的我苦不堪言。所以，搬家。

由于朋友小徐沟通时出了问题，28 日夜里 11 点刚搬到新住房的我，29 日早晨被主人通知不能常住。在网上疯狂找房源成了我这两天在美国生活的一大部分。我看过三套房子，第一处房子的主人是一位老人，房子是维多利亚式建筑，屋内有点哥特式的阴森感，再配上年老的女主人凸出的大眼睛，夸张的高鼻梁，让人很难不联想到安徒生童话里的女巫。听听她给自己尖顶楼上的房子起的名字 sun rising（日出）和 sun setting（夕阳），是不是哥特味十足？尽管老人善良热情，我又博学健谈，虽然愿意和女主人保持联系，但房子，放弃！

昨天早上看的第二处房源离学校步行加坐车大约需要 40 分钟，女房东是印度人，18 年前靠着自己的计算机语言博士学位移民美国。她看起来 60 多岁，精明圆滑，和我一样瘦。在她的客厅聊天两个小时，收获两个观点：一是瘦人往往聪明，因为食来的营养可以更好地积蓄在大脑里（我愿意相信）；二是如果你想当医生，首先得把自己吃胖，否则别人怎么敢信任你能管好身体方面的事。她的经验来自她 27 岁尚未嫁人、做医生很成功的女儿（有点道理）。房子有点偏僻，且窗外就是火车道。不中意，再见！

下午 1 点去看了第三处房源，房东没在现场，里面住着的两个漂亮的巴西姑娘带着我们看了一下，上下共六间房出租。想必人多嘈杂，不用考虑，果断放弃。

感谢缘分，终于找到一家理想的房源：富人别墅区 Belmont，花园一样的周边环境，价位、离学校的距离比先前的几个房子都理想，女主人 Lida 50 多岁，和上高三的女儿一起住，哈佛人类学博士，在南京大学、中国人民大学、复旦大学实习并待过三年，汉语说得快要赶上我的英语了。她们家里养了只猫，应该算可爱吧（我平时害怕猫，总觉得猫的眼睛既诡秘又阴森，所以从来没敢直视过猫的眼睛）！反正它挺多情地在我脚下绕来绕去，就是不理旁边同去的朋友王。约好朋友王今日开车帮我免费搬家，还有何求？成交！

昨夜的雨下得很大，早上放晴。今天我将结束寄人屋檐下、睡人沙发上的日子！

美国银行办业务

午夜4点醒来无法入睡，小结一下昨天。匆匆吃完早餐，去学校办完身份证号，来到传说中的学术圣地——哈佛图书馆傻游，问了各层门口接待服务处的人员各种愚蠢、弱智的问题，照样一头雾水，感谢他们的耐心热情。豁出去了，谁让自己不懂呢？

我去银行两次，第一次去变更了住所地址，第二次仅仅咨询了一个小问题，银行里提供免费 Wi-Fi，冷气开放，环境宽敞亮堂，工作人员端茶倒水，热情得让你觉得自己享受着“县太爷”的待遇。我拍脑门细想：道理很简单，没有客户，他们的收入何来？可不得对客户谦逊有礼！如此竟也可以成为美利坚合众国人的衣食父母！小小地平衡一下自己可怜的自尊，内心则祈祷国内有些服务部门若能借鉴一点，老百姓办事就不再会像走衙门似地谨小慎微了。

午后我继续熟悉环境，找到了学术中心。只要你有时间，可以随意参加这里举办的各种学术沙龙和讲座。

下午2点，我在咖啡店里买了三明治当午餐，至于家乡的馍菜汤，幻想一下得了。同情一下自己吧！

下午5点多我冒雨回家，中途下车在超市Star Market买了日用品和蔬菜。熟食柜台旁，人不少，大多要求先免费尝尝再买，工作人员不仅没有鄙视的神态，反而高兴地忙个不停。也有一些顾客尝遍好几种，然后心安理得扬长而去。而我，宁愿选择买回去不好吃扔了，也不愿嗟来点尝尝。将来有一天即使拿来尝过了，那肯定也是要买点回去作为对工作人员服务的补偿的，谁让我是吃着礼仪之邦的粮食长大的呢？

晚饭后我和房东聊天，说初来乍到过着这样的生活，感觉自己自尊心颇受伤害，她说这叫infantized，婴儿化！鄙人年近半百，还在异国他乡瞎逛，好似一只无头苍蝇，东碰西撞，傻子一样在路口发呆，弱智一样的理解力和判断力……一天到晚把"Excuse me"（对不起）挂在嘴边，好在它只是个词语，不是人名，要不非得让主人耳朵烧到着火！

何必？何苦？何求？何有？

好在每当和别人谈到学术、专业，也会牛刀小试，滔滔不绝，自信满满。

比苍蝇强点，我这样自我安慰。

时 差

基本完成了初来乍到的必办事宜：租房，报到，办理银行卡、交通卡、校园卡、手机卡，粗略地了解周围的超市、邮局、车站。从昨天开始时差带来的疲劳倦怠感排山倒海地压过来，精神萎靡不振，体会到了力不从心。明知道还有该做的事、该想的问题，可还是聚集不起心思，索性宅在家里一整天，和家人聊聊天，整理整理房间，写几行日志，精心炒几个菜安抚近日来受的委屈。

房东 Lida 去上班（十足知性的房东 Lida 需要好些文字和时间去记述，留给以后慢慢说），上高三的女儿 Emma 跟她爸爸去加拿大考察那里的法语学校，周六才回来。所以整个房子，只有我和她们家的猫为伴。

傍晚时分，我出去溜达，漫步在花园一样的别墅群里，要说心里没有丝毫的感触那叫虚伪。羡慕加嫉妒，没有流行语中的恨。不禁思量：是什么样的人可以住在这样的环境里，这样的屋檐下？他们在做些什么，想些什么，说些什么？他们或其祖辈到底凭借什么样的智慧、拼搏、坚持，还有机遇，才过上了这样一种生活？

人性所向，我明白他们的生命里同样离不开油盐酱醋茶，他们的生活中也会有酸甜苦辣，但至少从外表看，该是会多一些书画棋琴诗酒花的唯美和浪漫吧。要不然蓝天白云下，绿草红花中，依然别致的门窗虚掩怎么会选择把华丽的世界隔离在心外？这到底是怎样的一种宁静、平静、安然、卓然？

这样想着，我把自己逼进“尘埃”里。

庭院旧货出售

周六，我不打算去学校，坐公交实在是件不太令人愉快的事，尽管车内冷气开放，从不拥挤。上午我按约定去见前几天在公园遇见的Deta，她10点多才电话告知见面的地点，来回需要两三个小时，再加上天气特别热，尽管做了准备，还是回电话婉拒，再约时间。

随后和大连的朋友王沿街步行去看附近的yard sale（庭院旧货出售）。这里的居民逢周六会把自己用不上的东西放在自家院外贱卖。今天去看的这一家主要以小孩的玩具、用具为主，外加窗帘、几本旧书、几个茶杯、几个小垫子。价格高低不同，但很便宜，全都洗得干干净净。一旁的桌子后面，像模像样地坐着两个像是从童话里走出来的小姑娘，长得精致极了。桌上放着免费的咖啡、果汁和水，大概是用来装饰“鞍马稀”的门面，犒劳不熙不攘的顾客的吧。

我们也只是看看新鲜，没买任何东西，但这种处理旧物的动机和行为，顺应了日本女作家山下英子写的风靡全球的《人生三悟：断舍离》的主题。她主张对于不需要、不适合、不愉快的物、人、事，都应该断绝离舍，定期果断清理出自己的物理空间和精神空间，给人生来次痛快淋漓的大扫除，化繁为简，返璞归真，让生命、生活、生存空间开阔、宽敞、清爽。

的确，人们的日常生活空间，不少会被本该断舍离的东西所占据，比如塞在柜子里多年不用的棉花被，挂在衣橱中四季轮回过了还没穿的衣服，一年中用不了几次的整套整套的餐具茶杯，不怎么愉快的陈年旧情，已经记不清缘由的怨恨烦恼……而倘若物理空间扩张了，心理空间清爽了，包纳未来的容量和能量自然也会增加！而谁又不想拥有个大大的未来呢？喜欢英子的世界观！

言归正传，我也喜欢这样的 yard sale（庭院旧货出售），把自己不再需要的变成别人的必需品。不适合、不喜欢的物件直接扔了显然是浪费，送人又不知人家是否真的需要，就这样以买卖的方式将其清理出户，你情我愿，两全其美，何乐而不为？至于断舍离最重要的精神层面的价值留着慢慢解读吧！

下午 4 点，我颇费周折地乘车去了波士顿那边的农贸市场 Hay Market（先乘 73 路到哈佛站，再转乘地铁红线到达麻省理工站，然后再换乘地铁绿线才到达目的地），菜价的确便宜得不敢相信，番茄、土豆、青椒，还有水果都是按箱卖，一律 1 美元。我只花了 5 美元就买了一大堆，要是在超市，5 美元也就够买几根筷子粗细的小葱。但除了菜价之外，这里的一切都可以用“脏乱差”来概括，包括穿梭来往的人群，大多数是黑人和穷学生。天下的农贸市场竟都是一样一样的啊！

返回时坐在绿线地铁里，人群的穿着和气质明显偏低，车厢内部很破旧。转乘红线时车上的乘客明显有了层次上的变化。原来绿线通往的地方是穷人区，而红线要抵达的是这个区域的别墅群。到底是先天的人格气质决定了他们生活的层次和区间，还是生活的层次和区间决定了他们的人格气质？这样的问题一直是我的困惑。

晚上和房东 Lida 聊了近一个小时，我帮她纠正汉语，她帮我提高英语。但在单纯的语言外壳下，我们还聊了许多深层次的问题，有关文学，有关社会，有关历史和时事。

我很幸运。

第一次聚餐

我确定今天早上 4 点多，我是被窗外照进来的月光惊醒的，床前的月色如银似水，可比“地上霜”温婉柔和得多。因为下午 4 点学院有个欢迎会，上午索性待在住所处理邮件，整理心情，读几页书，吃过午饭休息一会再去学校。

尽管屋外艳阳高照，但气温明显下降了。白天不再那么燥热，早晚出门不穿外套会有点冷。听房东说，今年的夏天格外长，现在这样的气温跟往年八月份相当，但气温一旦降下来就会直奔冬天的温度，谁让这里是新英格兰呢！

再说说这里的阳光，不管多刺眼，白人都不怎么戴遮阳帽，最多架上一副太阳镜。这十多天里，没看到一个打遮阳伞的人。据说大晴天打伞被洋人视作不吉利，怎么会有人忍心拒绝阳光普照呢？遇到这样的大太阳，有的人恨不得脱光躺在草坪上。只可惜了我来之前专门买的漂亮的遮阳伞，根本找不到用武之地。等哪天下雨拿出来秀秀，开开“伞”界，以不负它随我漂洋过海一场。晒就晒吧，反正再捂也白不过白人，轻轻松松地就可保持住黄种人的本色。足够了！

下午1点我准时醒来，乘车前往学校，用时30分钟。直接去图书馆借来了明天专题讲座的作家Hannah Crafts的小说《女奴叙事》。这部作品被视为第一部由黑人女性作家写的虚构小说，2002年在纽约一年一度的黑人文艺作品拍卖会上被导师盖茨教授拍到，几经周折才得以出版。好好读这本小说成了本周的主要学术任务。

时间还早，我借来书后坐在图书馆宽敞明亮的自习室里翻阅，心中不禁有梦在涌动。

下午4点整迎新party（聚会）正式开始，远远地就能闻到饭菜的香味，沿大厅内墙的桌子上，摆放着沙拉、鸡肉、牛排、面包、蛋糕，还有一些叫不上名字的食物和各种酒饮。其实正式开始之前就有人端起酒杯，逢人就天南地北地海聊。

照样是导师主持，先一一介绍了今年有幸请到的各路名人专家，接着是各课题组主持人分别介绍自己课题组成员以及办公室人员，大家极尽幽默之能事，让笑点本来就不怎么高的美国人笑得前仰后合，气氛随意、热烈、轻松、热闹，听众还可以随便插话，扔几句幽默的言辞逗大家开心。前台讲话的都是能人，也很识趣，十分钟不到，序幕结束，开吃自助餐。欢声笑语中，大家有序地取来自己喜欢的食物。一时间，屋内说话的声音，和着满屋的饭菜味和各种牌子的香水味，真正的色香味俱全！

当然，里面混吃混喝的还有别的院系、别的学校的学生，甚至路过的

人也不在少数。据说如果你愿意，哈佛校园几乎每天都有这样免费的午餐。反正人家家大业大，图的是人气，谁会在乎施舍点残羹冷炙给那些讨生活的局外人呢？

除了一般的聊天、打招呼外，这次聚会还结识了研究人类学的副教授，Bridgewater 州立大学的 Porper 博士，还有在北京语言大学待过、研究中非文化的 Harper 教授。Harper 教授说他迷恋中国文化，特别想再去中国，身边还带着他的 Partner（伙伴），一看就很有修养、很善良的 Ann。Harper 教授主动给了我他的名片和电话，说一定要打电话与他们常联系。

Party（聚会）结束后，晚上 7 点我回到住所，礼貌性回了几个邮件，Harper 教授立即回复，约我明天中午讲座完一起去喝咖啡，我欣然答应。我相信定能从随和善良的他那里学到不少美国文化。

明天是我国的教师节，我收到了很多学生的美好祝愿和祝福。几十年的教师生涯，满天下的学生无疑是我最大的骄傲，也在这里祝他们永远幸福快乐！

教会活动与华人联谊会

早上 7 点 10 分起床，我看着 Lida 为女儿精心准备早餐，并不比中国妈妈们少丝毫耐心和关照。Lida 耐心地问女儿想吃什么，想吃什么口味的，要不要来点别的。Lida 准备齐全后端到餐桌上，孩子吃完把盘子一推走人了……还有其他很多的细节告诉我，母爱没有文化上的差别。之前了解的美国文化，往往是这里的孩子多独立，好像父母唯恐孩子吃的苦太少，以此来磨炼意志并助其成长似得。至少 Lida 和 17 岁的女儿 Emma 并非如此。

8 点半我和 Lida 一起去了教堂，因为今天是教堂年的首次活动，仪式很多且较为隆重正式。这是个不同于英国基督教教堂、在美国尤其是新英格兰地区较为普遍的 UU（Uniterial Universalists）。他们相信上帝，但相信只有一个上帝（与圣父、圣子、圣灵三位一体的基督教信仰不同），而且是象征意义上的，主张普世价值，包容性很强。所有民族、信仰、性别、年龄的信徒，只要你愿意去，他们都视你为朋友，热情地问候，接待，欢迎，交流。我喜欢这样的地方。自由、随意、大气、宽容、向上，是其特点。今天的一个环节很有意思。新的教堂年的首次活动，大家都会把一年间收集的具有特殊或特别意义的水装在瓶子里带来。严肃但动听的钢琴曲响起，大家便开始在留在座位上的小卡片上写下自己的名字、水的来源和自己的祈愿，依次投进前台放着的一个大水盆里，据说要保留下来，或留给以后洗礼的人用。之后由主、副牧师轮流念卡片上的文字，每念十个人中间会有停顿，插上一句"May the spirit of these waters"（祈愿这些水的精神精灵），然后大家和着唱"Be with us"（与我们同在）。Lida 提醒并帮我收集的是头天晚上用水桶接的雨水。在卡片上，我很郑重地用英语写了这样一段话："一直相信天上的云跑得过地上的人，所以我收集了昨夜的雨水，希望它里面藏着来自中国的灵气和美好祝愿，借此机会送给天下所有的人。"总之，这样的祈愿还是第一次经历，新鲜也很震撼。三四百人把自己的美好心愿以生灵水的形式聚集在一起，自当产生非同寻常的力量。梦想、希望、期待、回忆、记忆、思念、意志、坚守、坚强、宽恕、原谅、博爱等这样一些充满正能量的词叠加在一起，回荡在教堂肃然的氛围中，灌注到每个人的心里。此刻，你愿意相信它会有神奇的力量，不关乎迷信。

教会活动之后，我们一起去了好几个超市和商场。一个细节让我羡慕不已。Lida 为女儿买衣服都会买同一款式的好几种颜色，拿回家让女儿试穿，同学们对哪个反应最好就留下哪个，其他的在一个月内还回商店即可，连发票都不需要保存，因为电脑里存有你的消费记录，一查便知。今天她就为女儿买了三种颜色的喝水杯，回家让她挑选自己喜欢的，下周再还回去两个就可以了。难怪进到 Target，右手边一大块地方都是排长队退换货的顾客。不做评价，只是期待这种经营方式尽快在我国的日常生活中出现。

快 2 点才到住处，今天主厨为她们娘儿俩做正宗的陕西面条。吃完饭快 4 点了，休息片刻，去参加 7 点 20 分在牛津路上的哈佛大学举行的中国留学访学人员迎新会。

我因错过了眼前的一趟车，6 点 40 分才坐上车去哈佛广场与早已到达那里的上海海洋大学的黄碧蓉会合。进到大厅人还真不少，登记注册后还没来得及吃完手里的三明治，已经通知里面的迎新会要开始了。我坐在前排的位置，会场大概有三四百人，95%以上都是学生，以硕博研究生为主。会议组织得简洁而有条理。最耀眼的算是哈佛最重量级的两位教授，数学家姚期智，统计学终身教授、文理学院研究生院院长孟晓梨分别从自身的经历、经验出发，谈了到哈佛之后应该注意的几个问题。话语中的共同点：一是多和周围的人交往、交流，别把自己锁在中国人的圈子里，说不定就会遇上下一个"奥巴马"；二是多听课、杂读书，不要单打独斗，拓展眼界和思路。之后迎新会还邀请到已经小有成就的几个毕业生做经验交流。不愧为顶尖级学校的毕业生，个个口若悬河，但又幽默坦诚，字字句句都迸发出智慧和活力！相信在座的新生受益匪浅。暗自思量，也千万别小觑身后的这帮学生们，他们从小到大可都曾是国内的超级学霸。可怕的是，其中风度翩翩的美男靓女绝不在少数。敢问聪敏成那样的人竟也能长成这个样子，还让别的普通人怎么胸怀全球，放眼未来啊？

担心晚班车少，而且又是周末，没等到欢迎仪式结束，我就提前溜走了。车上人不多，有几个黑人小伙子。之前曾有人提醒晚上出行注意安全，提防有人尾随。心里担心要是有人跟着我一起下车该怎么办？担心多余了，确实有个黑人小伙子同一站下车，但他很快就消失在相反方向的一条路上了，让我接下来5分钟的路程走得轻松又轻快。

9点50分我刚进房门就收到Lida发的两条短信，说她要休息了，如果需要车接，一定告诉她，并说她吃完了中午剩的汤面条，很好吃。异国他乡夜归人，还这样被惦念提醒着，知足。

霍米·巴巴

清早起来我查收邮件，闻到一股浓浓的中国味！寄往纽约中国大使馆的报到材料终于到了，但邮件要求还得补上一张I－94表（入境卡）的复印件。原件已经在他们手里，小小一张卡，复印一张对他们来说要不了5秒，发个邮件的时间估计会印好多张。但对于我来说，首先得去学校找个能连接打印机的电脑，上网生成文件后重新填好，再复印一张，然后再找邮局花十几美元快递给他们。不禁用美国人的思路赞一个：我亲爱的同胞，您对待工作真的很认真！再用中国人的思维怨一声：难道非折腾得我们这帮人找不着北，您才满意舒心不成？咱家老祖宗的有些东西，不要传承得太好了。

人在屋檐下，只好乖乖地赶快回信："抱歉，给您添麻烦了。我马上补上，快递给您。"最后还无比谦恭地说了声"谢谢并祝好"。外边阴冷的雨天，善意地配合了我此刻的心情。

我坚信，坏事一般不成双。这不？喜从天降！另一封邮件来自霍米·巴巴的办公室，霍米·巴巴本月25日邀请同行吃午餐，有幸（大幸）被邀请到，受宠若惊。又一个从我的书架上走下来的活人！猛拍脑门问一声：我，姓什么来着？

同行们都知道，霍米·巴巴，1949年生于印度孟买，现为哈佛大学英美文学与语言讲座教授，著名的后殖民主义理论家，与萨义德和斯皮瓦克一起称为学术界“圣三位一体”，主要批评著作有《文化的定位》《民族与叙事》等。他关于文化、认同以及民族主义理论等的著述在全球文学、文化和艺术界曾引起过巨大的反响。作为至今仍然活跃在文化、文艺理论界的巨星，比我导师的名气可大多了。我还是偷偷地自我膨胀一下吧。

本来我计划今天要去波士顿那边的中国城看看，路线已查好，打算细游的地方也已打探清楚，可惜天公不作美，再加上身体不适，于是放点轻音乐在耳边，躺在床上开始看研究生的开题报告、论文初稿。说真的，改毕业生论文实在是每年最虐心的一件事。天性所致，读到写得糟糕的论文，往往会恨“土”不成钢地怒不可遏，严重影响心情，但又不忍心不认真地从标点符号改起。谁都有过这样的稚嫩，常常这样自我安慰。

午饭时间，我和女儿横跨美国（她在最西北，我在最东北）视频聊天，谈世界、社会、文化，谈人生、人情、人性，女儿的成熟让我心疼。

慢慢发现，曾经乖巧、可爱、弱小的女儿，已经长大。她看待问题客观，思考问题理性，分析问题全面，总在我表述自己思想的时候，换个角度旁敲侧击，锦上添花。最让我吃惊的是，她竟然时不时在微信上晒她做的饭菜，让我看了嘴馋的同时，心中生出不同的滋味。

这是一种不曾有过的奇怪的感觉，但不是得意，更不是幸福。之前能为女儿做几样她喜欢吃的菜，是自己最乐意干的事。现如今她自学成才，我不再是她物质生活中的必需，我的母爱和关照就这样要逐渐被疏离。这是时间悄悄留给人生命轨迹上的节点之一，我恍然而无能为力。

我同时也在想，是什么样的压力和环境，让原来那个声称“晕厨房”的女儿学会了烧菜做饭？是什么样的心智，让她本可以待在我们身边，好好享受做女儿的无忧和无虑，如今却一人在地球的另一边摸爬滚打，用各种观念、知识和思想把自己武装得如此要强？我相信天下的父母，面对自家孩子所谓的成绩和成就，首先想到的一定是他/她在背后所吃的苦，留的汗；首先感觉到的也一定是心酸。如果说这叫矫情的话，我中毒已深，无药可救。

一整天风云变幻，天时晴时雨，恰似心情。

晚安！

华人超市里的中国味

昨天白天忙了一天，晚上我还未来得及回味中午第一次用美国开水泡的中国红茶的醇香，却已尝到它的苦头，凌晨4点多了还未睡着。轻音乐重复放了很多遍，一次比一次听得认真，越发没了睡意。干脆像听音乐那样，听听夜晚的声音。蛐蛐不鸣，燕雀无声；星星不眨眼，大地在沉睡，静得能听见自己脑细胞的活动声。去年夏天旅游我住在山里，晚上醒来突发奇想，这么静的夜，怎么才能和城里的朋友们分享？人类能否像录制晨钟暮鼓一样，把山里夜的寂静录下来带回喧嚣中，让更多的人享受到片刻的安静安宁？独坐，在这寂寞的秋。开灯，不是为了照明，是为了那一丝丝的暖意。

7点半起床匆匆吃完早餐，我坐在床上和女儿、老公分别视频聊天，家事、国事、天下事，一样都没有少。苏格兰怎么就没有独立出去呢？几年前曾为英国政府当局做出如此大气的决定感叹不已，也想为苏格兰的独立加油。2007年八月份的苏格兰十日游，对那里的山水、那里的人至今惦念于心。看来卡梅伦那操着标准伦敦音的演讲也算有了收获。

上午 10 点多我开始补觉，直到下午 2 点被咕咕叫的肚子给吵醒了。过了饭点，不想做饭，吃点点心、水果当午餐得了。

下午 3 点多如约和朋友一起去见 Ann 和 Harold，一对听讲座时认识的老人。老先生特别喜欢中国饭菜，约好下午去中国城买东西，明天中午去他们家做中国菜。5 点多我们来到 Allston 的华人超市“超级 88”，一走进去就闻到一股熟悉的“中国味道”：超市里的广播放的是中国情歌，顾客大都是中国留学生，服务人员全是中国面孔，价格标签上写的是中国汉字，随处可见地道的中国菜——萝卜、豆腐、油麦菜、白菜、菠菜、韭菜薹，顿时觉得有种主人翁的满足感和安全感。确实，能标识出人类民族文化之根的，岂止是面孔肤色，乡音乡情，还有一生都难以更改的口味和嗅觉。

今天虽然天气晴朗，但明显能感觉到秋的阴冷，天气预报报道明天会更冷。讲究个性的西方人的穿衣习惯，永远没有参照价值，有短裤、短袖和凉鞋，也有鸭绒袄和皮靴。花自开落水自流，各人管住自己的冷暖得了。

7 点回来，我付了首月的房费，这里除了银行转账，也流行开支票。我也小笔一挥，尝了尝假土豪的滋味。

美国人，中国餐

我听信了天气预报，上午待在房间看论文没敢出门。快12点按约定和黄一起去Ann和Harold家（他们生活在一起多年，但不是夫妻），一出门才发现又穿错衣服了，天下最不靠谱的就是天气预报，这是普世真理。

12点半我到达位于Watertown（沃特敦）的目的地。他们家周围环境和我的住处差不多，是一座安静的富人聚居区别墅，屋内干净、整洁。像其他西方人一样，屋内空间不大，但每个角落都放满了东西，尤其是厨房，打开每一个柜门或抽屉，里面全是瓶瓶罐罐的调料，说需要醋，Ann会拿出来六七种，说需要刀，天呐，十几种随便挑。整天不做几样菜，家伙齐全得像专卖店。听朋友说，美国人很笨，他们往往照着食谱做饭，上面提到什么勺、什么调料、什么面粉、什么盐，他们一定会严格照着牌子去买，绝对不会变通，比如做饭时绝对不会用点五香粉代替十三香什么的凑合。所以厨房的大部分橱柜，放置的都是一年可能只会用一次的特种调味品。到底是聪明还是愚蠢，机械刻板还是执着认真，或者都有？

半小时我们就做完了最基本的几样家常素菜，豆腐由黄操刀，麻婆豆腐、凉拌黄豆芽、酸辣绿豆芽、清炒苦瓜。趁还没开始，偷照一张照片做个纪念。菜上桌后才意识到忘记蒸米饭了，只好用一盘饼干当主食，中西结合。

饭后老先生主要聊了聊他目前研究的中非文化传播项目以及黑人电影制作问题，很多关涉我读过的书，有不少共同的话题。卡斯特罗、曼德拉、周恩来、海明威、黑人作家 Ernest Gaines，都是他敬慕且喜欢的政治人物和作家。Harold 也谈起了他在中国的一些经历，他到过的城市竟然比我们俩还多，岂有此理！明年回国后要调整思路了。Ann 显然没去过中国，也不懂多少专业知识，安静地听着、笑着，不说话。

下午 3 点半折回，71 路电车再转 73 路公交。周末的公交车上，人比平时少很多，但路上的汽车增多，路况比平时稍显拥堵。晚饭免了，躺在床上读几页专业书。

又一个周末！我喜欢搜狗输入法，每次打“周末”二字，后面总紧跟着“愉快”两个字。我开始看在职研究生的论文了，怎么“愉快”。身在太平洋的另一边，不忘为祖国人民做贡献，替自己赞一个不为过吧。

国庆庆典

今天是个好日子！

波士顿华人在老市政府广场举行了祖国65岁国庆及中美建交35周年庆典活动。上午9点半我和几个朋友约定好一起出发。我们在Google（谷歌）上先后错搜成州府和新府，结果在摩天楼群里绕了几圈，才到达地点。广场上彩旗飘飘，一片火红，喜庆挂在每个人的脸上。正在表演节目的是一群上了年纪、穿着红T恤的“夕阳红”合唱团。看着几十个老人丰富的表情，认真卖力地唱着那首“我爱你，中国”，感动得直接泪奔！

舞狮表演结束后，国旗徐徐升起，几百人神情专注地共唱国歌，声音整齐、洪亮，铿锵有力。我相信，此时大家都是赤子丹心，祖国并不抽象，国旗不是符号，爱国也不是口号。“三十功名尘与土，八千里路云和月”，岳飞式磅礴的爱国、报国的气势情怀，那一刻，在美利坚合众国的国土上弥散。

纽约总领事馆孙国强大使、马萨诸塞州首脑、波士顿市长特派代表、华人商界代表和学生代表等分别致辞表达祝贺与祝福。刚刚结识的秦老三胆子不小，走向大使说我们是哈佛的访问学者，要求合影。孙大使欣然答应，并在接受完电视台采访后，专门劝退身边的人，把空间留给了我们四个。一不小心追了一次政治明星！然而这次活动中真正难以忘怀的，是在异国他乡体验了一次升国旗唱国歌时无以言表的激动和那种直接涌上心头的爱国情愫。

庆典结束后，我继续在波士顿市区寻找闪光点，凯尔特球星的雕塑，18世纪波士顿大屠杀纪念馆，Quincy 市场内的行为艺术等，就剩这里的唐人街没去转了，下周月票到期前，一定去转转。

今天我来美国整整一个月了，生活在悄悄发生着变化。我习惯了坐公交，不再竖着耳朵听站牌，睁大眼睛看路标，唯恐错过。我也可以塞上耳机，在颠簸中听音乐，晕车病好了许多。熟悉了环境，不再担心迷路。开始被问路，在校园，在路上，在公车旁。至少在表情上，我少了 new comer（新人）的胆怯和慌张。有时从校园里络绎不绝的旅游团队前匆匆走过，竟也有恍惚间的主人感。我去超市购物，不再推着车四处打探寻找，知道牛奶放在哪里，面包在哪个货架，也知道什么时候打折最多。手机电话本里的人越来越多，英语人名数量直线上升，慢慢地超越了汉语人名数量。

行走在路上，和陌生人碰面，我学会了抬头问候，面带微笑。和熟人见面，习惯了被拥抱。和人交流，脑子里基本上是英语。交流时的“pardon”少了，说话时的语速快了。图书馆内，知道怎么查书、借书和还书；自习室里，有了自己 prefer（偏爱）的方向和位置。习惯了每天追着去听各种讲座，开始了举手质疑问问题，或提出自己的迷惑。随意地安排自己的行程，不再宅在某一个地方。

不过，依然没变的是，在读书和出游之间找不到理想的平衡；从有些人旁边走过时还是会被熏得要命；路边看到需要的桌椅沙发，舍不下面子捡拾回家；超市里免费品尝的熟食，不好意思张口就尝……

在我生日那天，收到了来自家人、朋友和学生们的礼物和祝福。提醒自己，时间是单行道，过去了，回不来。更好地珍惜现在，让未来值得期待！

杜波依斯杯颁奖典礼

9月的最后一天，天空下起了毛毛秋雨，这是我向往了整整半年的雨景。今年前半年开封连续几个月滴雨不下。有天晚上，突然想起了记忆中雨打在树叶上、屋檐上、田野上、土路上的声音，还有印象中雨的味道。我也开始幻想着在气温不高不低、心情不急不躁时，打把伞或直接淋着小雨，一人慵懒地漫步在乡间的小路上，呼吸着泥土的芳香，放松心情，放空心思，在雨的世界里体悟人世的起起伏伏，把心的孤独走成一种唯美。那该是什么样美轮美奂的意境！

这两天，校园内外、公路两边大大小小的树，一天天、一枝枝地变换着颜色，忙着争秋，仿佛谁都想抓住这斜阳余晖，绽放出最后的美丽。流年似水，分分秒秒不息。人到中年，顾不上伤春悲秋，偷偷点燃心中的烟火，祈祷把残年岁月映照得靓丽而辽阔。

9点出门，路边倒下的一根树枝挡住了前面的一辆卡车，路旁已经停了三辆警车，闪着红灯，路口有警察引导，指挥行人安全通过，态度和蔼。远远地，随风雨飘过来的还有一种安全感。

我在图书馆看书至11点半，穿过校园第一次去哈佛法学院听一个访谈节目，是有关广告宣传和人身健康问题的谈话。访谈者用大量的事实列举了媒体上空、大、假的宣传欺骗或伤害了不少无辜的读者观众，同时还对受害者的心理进行了法理意义上的分析。法学院是哈佛大学实力最强的学院之一，去体验一下那里的学术氛围，很值。

下午4点整，Hutchins中心举办的杜波依斯杯颁奖典礼正式开始，这是不定期颁发给全球各个行业取得杰出成就的黑人的最高奖项。最早开始于2000年，当时已经获得诺贝尔文学奖的托尼·莫里森竟也不在前几期的授奖名单中，直到2005年她才获此殊荣，足见这一奖项的分量和含金量。今年的获奖者中我唯一熟悉且喜欢的是赫赫有名的Oprah Winfrey，她是当今美国传媒界的大亨，身兼主持人、演员（出演托尼·莫里森同名小说《宠儿》中的Sethe）、制片人等多重角色的奥普拉，在灯光下比电视里肤色白许多，身穿宝蓝色的裙子，脚蹬一双高跟凉鞋，戴一副黑框眼镜，显得文雅知性。用她

那充满磁性的声音不仅替自己发表了感言，还代刚离世的 Angelou 发表感言领了奖。

颁奖典礼于下午 4 点正式开始，导师 Henry Lois Gates Jr. 主持并念颁奖词。颁奖嘉宾是来自哈佛大学相关领域的权威人士，奥普拉的奖由哈佛校长亲自颁发。得奖人共 8 位，年龄最大的是今年 87 岁的 Harry Belafonte，他曾是 Martin Luther King 的好朋友，也曾为从监狱里解救南非总统的曼德拉做了很多实质性的贡献。还有一位是今年电影奥斯卡金奖电影《为奴十二年》的制片人，英国人 Steve Mcqueen。但观众却把最大的欢呼声和尖叫声给了一个我并不熟悉的女性、影视剧制片人、作家 Shonda Rhimes，原来奥普拉退居二线后，她成了影视主持界当仁不让的 No. 1。现在是著名的周四 ABC 节目的制片人，这是美国目前一档最受欢迎的娱乐节目。其他的奖项分别颁发给一位建筑师、一位设计师等人。有幸参加这样的典礼，我很满足。更重要的是，了解到现实中的美国黑人竟有如此高的成就，这都是文学里看不到的，开眼界!

晚上 7 点我赶回住所，周二匆匆而过。

国庆宴

我在图书馆看书两个小时，下午 1 点半听完讲座出来，雨下得很大，这是在波士顿见过的最大的降雨，校园里的小路上水流成溪。我没有再去图书馆，直接去公交站，坐车回家，因错过了眼前一辆 73 路，站在地下通道里活活等了 30 分钟。

今天研究中心的例行系列讲座是有关非洲种族化的问题，主讲人出生于意大利，英语［s］和［sh］不分，本来对主题就不甚了解，再加上他蹩脚的英语发音，实在无法享受，别人还在提问时我就偷偷溜出来了。以后这样的讲座不再坚持听到底，太浪费时间，该适当偏向自己的专业了。

晚上 6 点半有人组织波士顿地区留学访学人员共赴国庆宴，住在另一条街上的杭州的泓，嚷着要去参加国庆晚宴，想晚上回来时有个伴。我犹豫再三，还是出了门。雨还在下着，下车步行了 20 多分钟才找到了位于马萨诸塞街 1712 号的那家华人饭店——常熟饭店。因天公不作美，报名的30多位只去了15人。大家围坐在一张大圆桌上，每个人按自己的喜好点了一桌比较纯正的中国菜。席间各自做了自我介绍，南方人多于北方人，东部地区人数多于西部地区人数。与上周日在华人教堂遇到的华人截然不同，在座的除了我们这些访学的，凡到席的学生辈们，都是哈佛博士毕业，做博士后研究的也有几个，个个身上透着股老练和机灵，能说会道，八面玲珑，看不出丝毫的书生气。有的自己创业已经多年，成绩斐然；有的虽然还是在校生，却已经开始身兼数职。当时我脑子里只有一个词：后生可畏！

大家AA制，每人18美元，这是到哈佛后吃得最地道的中国菜！晚宴8点半结束，相互留了联系方式，约好以后有机会再聚！国庆晚宴正式结束，回来后才意识到，席间大家天南地北地聊着各种各样的讯息，唯独没人想起伟大祖国的生日！热闹的中国话和穿梭不停的中国筷子就算是对祖国生日的庆祝吧。

雨还在下着。人的欲望是无底洞。没雨的时候盼雨，雨多的时候盼晴，也真难为老天爷了。心里祈祷这个月可千万别这么下雨了，让我那75美元的月票花得更值一些吧。

捡家具

我上午 9 点出发，准备步行去当地一个正宗的教堂——Baptist church 看看。刚出门，就看见路边的一个橱柜，这不正是我想要的吗？上周看见路边扔了一个，下了几次决心都没好意思捡回来。近一个月来不断看见朋友在微信上秀自己捡的电视、床垫、沙发、微波炉、购物袋等，这次就没再犹豫，果断和朋友泓一起抬回家，大大地清空了我的书桌，感觉很爽。房间里现在就缺一个沙发了，希望有机会捡一个。

网上搜索到 Baptist church 只需要 30 多分钟的路程，因路线摸不清走了两个小时，但沿途的秋景秋色值得永远迷失在这里。两三天的秋风加秋雨，天空被刷得湛蓝，没有一丝云彩，与五彩缤纷的树叶相映成趣。满天满地满眼，都是色彩！用眼睛的余光沿路扫视过去，真好像谁不小心撒了颜料在地上，活泼纯粹，绚丽得醉人！

上午 11 点才到达目的地，有位慈眉善目的老先生站在教堂门口微笑着，如同迎接贵重的客人。听我们说走了两个小时的路才找到这里，甚是感动。说会专门找人送我们回去，并且说如果下周还愿意来，有人顺路会带我们回去。好有爱!

这是当地一个小教堂，里面只坐了不到30人，是华人教堂里信徒的十分之一，但肃穆的气氛和环境设施却宗教味儿十足。和我在英国时见过或熟悉的教堂做礼拜一模一样，有唱诗，有读经，有讲解。

圣经是西方文化的宝藏，基督教是西方最普遍的宗教，而这里是了解这两方面最合适的地方，以后有机会一定再去。一位名叫Steve的年轻人开车送我们回来，时间是12点40分。

午饭过后，休息片刻，不舍外面的阳光、蓝天和秋色，背起包再次出外转转，顺便去趟超市买点必需品。超市门口的南瓜“告诉”我，万圣节的脚步近了!

系里的招待午餐

昨晚失眠，我用尽各种招数，都敌不过中国红茶的厉害。听曲？网上搜来世界各地的催眠曲，没效果。听歌？从李谷一到《中国好声音》新晋冠军张碧晨，从单曲循环到全部循环，不管用。听书？从仓央嘉措到《还珠格格》，也不灵！声音太大，听着烦躁。声音太小，听不清又心焦。百度、Google（谷歌）搜个遍，“数羊”的呼声最高。一想到数字的无穷大，还没坚持到一百就绝望地放弃。最后一次昏眼看时间，是午夜4点半。

早上6点40分照常醒来，等着7点诺贝尔文学奖出结果。连续几年，日本作家村上春树的呼声一浪高过一浪，没想到今年又打一回酱油回家。几十年坚持长跑磨炼出来的坚韧，想必能够帮助他跑出失望。

每当这类大奖揭晓时分，都可以想象网络上的内容，记者们早已写好各种或吹捧或诋毁或质疑的文章，不是公正公平，实至名归，就是国家霸权，种族歧视，反正不管什么样的结果，都会有人指手画脚。单说文学，本来就是见仁见智的软知识，谁能断定莫言的小说文字一定胜过六六的文学话语，余秋雨华丽的文化随笔能活得过周国平的哲思细腻。文学，也只为悦己者容。

我上午 10 点半出发，去系里参加 12 点整的新成员招待午餐，外加知识讲座。这次还是霍米·巴巴办公室组织的，但显然我没有上次那么激动。今天是哈佛神学院的副教授的专场，她带着自己的书稿有备而来，主题是神学和哲学视野下身体和肉体的喻义研究。书稿还没出版，她显然有所保留地讲了大概内容框架，总共用时还不到半小时，是我参加的讲座当中时间最短的一个，还没有大家吃饭用的时间长。之前读过布莱恩·特纳的《身体社会学》，该书是把身体作为个体放置于社会大环境中的考量和定位，似乎并没有把身体和肉体分开来进行专业的审视，这个研究视角很新颖。

我的另一收获是，认识了分别来自西安科技大学和杭州科技学院的张和罗两位访问学者，都是八月底来美，一个在比较文学系，一个在英语系，家庭、教育背景、之前的访学经历都基本同步，且研究方向相当。我们互留了联系方式，相约以后有福同享。几个人漂洋过海、千山万水地在哈佛的一个教室里不期而遇，感谢缘分！

下午 4 点多我回到房间，西斜的太阳暖洋洋地铺照在床上，听着外面呼啸着的秋风，还犹豫什么？上床补觉！醒来后已是下午 5 点 40 分，赖在床上望夕阳西下，祈祷明天有个好天气，因为下午就要启程去新罕布什尔州赏秋了！

闺蜜聚会

今天早上6点40分醒来，我躺在床上回忆昨天的幽灵鬼怪。昨晚确实把自己吓着了，一夜没敢关灯，尽管很疲乏，还是很难走进梦乡。睁着眼睛到处明晃晃的，刺眼而害怕；闭着眼睛，似乎有各种影子晃动，朦胧而心惊；侧身面朝墙，觉得身后不安全；背靠着墙，视线又太杂，更觉得恐慌。郁闷！吸取教训，先把自己的心理武装强大。

南宁的朋友霓今晚要搬家，上午10点多约好一起出来走走，最终决定去杭州的泓那里吃午饭。三个女人一台戏，四盘菜肴一壶茶。午餐吃得津津有味，直到下午4点半才散伙说再见。

霓是研究中国少数民族语言学的，去年1月份带着办了休学的儿子一起来到哈佛大学访学，如今已经订好了1月14日回国的机票。儿子在天津上大一，学的是计算机科学专业。霓说当时她执意带儿子来哈佛，是想让儿子在这个学术氛围浓厚的地方受受熏陶，顺便听听感兴趣的课程。没想到来这里后，儿子不仅不愿意去哈佛大学听任何课程，也不大情愿随她外出参加一些活动，更不愿意跟别人免费学点英语什么的，整天待在房间里与电脑为伴，在虚拟的世界里活得自如潇洒。可以理解，20岁的小伙子已有自己独立的思想和价值观、人生观，谁也难以左右他的生活。霓带着些许无奈说，世上很多时候很多事情都不是你想象的那样事随人愿，她已经慢慢习惯了儿子的这种状态。霓说一想到这整整一年时间她都可以跟儿子吃住在一起，天天变着样地给儿子烧饭做菜，到专门的甜食店给儿子买他的最爱，这是这辈子都不会再有的机会，就觉得很满足。霓还感慨，有时回想起自己求学过程中对儿子心理成长的忽略，就觉得很惭愧。说到乘飞机买保险的事，霓说如果我单飞，我一定会买保险；如果和儿子一起飞，还买保险干什么？我们都笑了，但是苦笑。是啊！听起来有点像笑话，但里面掩藏着一个女人的全部心思和情感！霓就是这样一个当妈的，像世间大多数当妈的一样，只管给予，不想回报，只要能在一起，就这么知足和满意！

好朋友霓是个精致浪漫的女性，因不喜欢中国女房东的百般挑剔，尽管就剩下两个月，她还是决定搬到另一街区的一套独立的半地下室去住。她说快过节了（感恩节和圣诞节），住个宽敞的房子心里舒服！就这句话，读出了她对精致生活的向往，也展示出她骨子里对完美的追求和浪漫的情怀。

说说她的中国女房东，40来岁，在哈佛医学院做些辅助性的科研工作，来美国十多年了，不清楚是否成了华裔。儿子在这里上高二，老公还在国内，只是过春节时才过来住一个月左右。至今她还租房住，经济上显然不宽裕，儿子明年上大学对她来说也是笔不小的开支。她时不时爆发的小脾气不仅暴露了她的生理年纪，还出卖了她心里的压力。比如数九寒天不愿开暖气，以生硬的态度提醒霓及时关灯，时不时敲门嫌她娘儿俩说话声大，抢用卫生间时的无理取闹……看来美利坚合众国并不总是美丽，也不是每个人的乐园和天堂。像她这样的年纪，在国内找份工作，肯定不会有这样的挣扎吧！

说说朋友泓，在杭州一所高校工作，女儿刚上高一，有着江南女子的气韵与雅致，说话柔声细气，行为却很大气，思想理性，做事坚定而有条理。在哈佛的东亚研究院做中华民国时期的文学研究，年龄不大，研究成果却不少。泓一张嘴必谈老公，这个是老公帮忙买的，那个是老公替她做的，银行卡是老公办的，出行路线是老公帮忙查的。她专心致志搞科研，老公忙里偷闲做助手。女儿乖巧听话，品行和学习成绩俱佳，唱歌可以和专业歌手一比高下。泓说现在回忆起来，自己从前对女儿的关心确实不够多，有时态度还有点冷漠。昨天女儿给她发来一段网上流行的一首有关感谢妈妈的英语歌词，让她羞愧难当，泓说回去后定要好好补偿。

我说自己喜欢周国平的思想，搜罗看完了他的所有文字，但他的那本《宝贝，宝贝》就是不忍心看下去，而且只要遇见孩子还小的妈妈们，就会强烈推荐给别人读。周国平用他那哲学家的灵敏、视野和角度，带着从文字里都可以渗出来的厚重的父爱，对女儿一言一行的关注、体悟和分析，让人看了懊悔不已。只恨自己未曾留意、揣摩、享受女儿一点一滴的成长过程，未曾给予女儿足够的父爱和关切，未曾和女儿一起悉心品尝亲情浓浓的快乐时光，弹指之间她已长大，而此生永远追不回的岂止是时间，还有那种被她纯纯的需要、纯纯地爱着的幸福和甜蜜。

我们这样的一群知识女性，大多是在孩子成长的关键时候忙学历、忙学位、忙职称、忙所谓的事业，如今面对自己的所得，却又后悔爱孩子爱得不够，帮老公帮得太少，我们是不是欲望太多了？

第一场雪

今年波士顿的第一场雪在冬令时的今天如期而至。9点多，朋友泓发来微信说："喝着你的大红袍，看着窗外飘雪，真美！"我太理解她此刻的心境了，不是学文学的女人太矫情，实在是飞扬的雪花确实有其表述不出的浪漫，能搅动起思绪万千。

早饭后我开始读书，心情大好，不知不觉中，几个小时过去了。午饭吃了昨天的剩米饭后，准备充分利用这种天气，心安理得地上床休息，没曾想到下午2点多，雪初歇。4点，偏西的太阳竟蠢蠢欲动地想露脸。干脆约朋友霓、泓一同出门，我们穿了冬天能穿的所有衣服出门，去附近的超市购物。大家一致同意，坚决不能养成天冷就宅在屋里的毛病，否则长达六个月的冬天，会发霉的可不单是身体了。

走在街上，满地黄叶堆积，似乎都是秋风惹的祸。上午时分那么多狂舞的雪花，真就如匆匆过客，没留下任何痕迹，恐怕只有它们自己知道，这个世界，我们来过。

还没走到超市，大风把太阳从云雾中吹了出来，我们激动得不仅忘了冷，也忘了年龄。摆出各种搔首弄姿的pose（造型），用后面多彩的小山作为背景，咔嚓咔嚓一通相互乱照，高兴就好。

这是离我们仨住的地方最近的一家大超市，适逢周末，打折的东西不少。我们神采奕奕地在里面转了一个小时，这才大包小包、连拉带背地走出了超市。这时，烟霞已经弥漫了半边天，晚风残月，初尝到“霜凄万树风入衣”的冬寒。

今天是冬令时的开始，早听说手机、电脑什么的会自动把时间调慢一小时，心中将信将疑。早上8点半醒来，迷迷糊糊睁眼，发现手机、电脑、iPad都是一个时间，搞不清是聪明的它们自己调整好了还是原来的夏令时时间没变？在“哈佛户外”圈子里求救后才恍然大悟，看一看手表不就清楚了。还真没错，手表时间比它们快了一个小时，电脑等果真自动调节好了！可悲的是，我的大脑竟也跟着慢拍倒转了，这该叫聪明还是迟钝？正郁闷，看见来自西安的朋友清，因太勤快，昨天晚上就自以为是地把所有能调时间的地方都调了一遍，结果早上起来照样搞不清时间，也在圈子里求救。心里窃喜，不愧是老乡，连这种蠢事，也求同？

从今天起，这里和国内的时差就变成13个小时了。

垃圾也环保

早饭后我查看完邮件，顺便在“文学城”（海外最大的中文网站，上面会有一些在国内需要翻墙才能看到的内参）一通乱逛，一个小时的时间不知不觉地溜走了，头昏脑涨地怎么也静不下心来做点正业，读点专业书赶赶进度。近来美国进入下一轮选举，媒体就此大呼小叫，反正读不成书，索性在网上找来美剧 *Scandal*（《丑闻》）看看。可想而知，这种电视剧很清楚怎么抓住观众的心，不把你的休闲时间抢占完就算心善。直到午饭时间我才怀着懊悔之心关了屏幕，再也不能这样浪费时间了，我提醒自己。

有人这样比喻过网络闲逛：“清早起来，本来拥有一方安静、清洁、绿色的草坪，你却打开栅栏放进几匹野马一番折腾，最后除了剩下凌乱，还会有什么？”一夜的休息，本应气定神闲地坐下来思考、读书，你却先给脑子灌进去一筐筐垃圾，哪里还有空间收纳有用的知识信息？记着这些教训并严防越界。

午饭后12点半，我自觉地坐下来读书到下午3点半下楼散步。看似阴天，外面实际并不很冷。把自己想象成傻瓜，在附近的富人区找一条之前没去过的小路，边走边认周围的一草一木、一屋一树以及任何带有美国文化气息的东西。偶遇一所中学，远远就听到孩子们在操场欢笑打闹，没有朗朗的读书声，没有小贩的叫卖声，连周边穿梭的汽车声音也似乎小了许多。这所中学四周没有围墙，教学楼由宽敞的草坪包围着。有个所谓的大门但遮掩在花草树影里，看不到国内校园外典型的柏油大马路，成百上千存着的自行车纵队，更没有盯着孩子们钱包的小商小贩。可以肯定，这样的学校环境绝对不是美国最好的，但不得不承认，眼前这样的氛围才应该是孩子们接受知识教育的地方。

周三是Belmont收垃圾的时间，一般周二下午开始，这里的居民都纷纷把垃圾分类打包放在家门口。值得强调的是，其实不仅仅是他们会自觉自愿地把生活垃圾按照可以回收与否分袋装着，而是各家门口放着的垃圾箱、桶、袋，从远处是认不出来的，当然更闻不到任何垃圾的味道。这些垃圾箱、桶、袋不仅外面本身很洁净，而且里面即使装着不可回收的东西也都干干净净，井井有条。酒瓶、奶瓶、油瓶，包装盒、包装袋之类的，一定是被洗涮干净了才放到垃圾桶里去的，纸质的书籍、杂志和报纸也都叠得整整齐齐。给人的感觉是如果需要，这些瓶瓶罐罐的东西似乎捡起来就可以用。美国尤其富人区都有这样一个不成文的规定或习惯，但凡自己不要的衣物、床垫、沙发、衣柜等都是洗、擦干净后才扔掉的，里面一般都会有个纸条写上已洗干净或已消毒之类的提示语。若是扔掉的电器还能用，一般也会写上“可以使用”这样的字眼，连同说明书、遥控器等放在旁边……这样纯粹的与人为善，这种层次的自觉自律，我们什么时候才能赶上？

帮 Laure 改邮件

清早起床，雾锁半壁江山，窗外斑斓的秋色全然看不见。今天学院里的讲座是有关古巴的历史重建问题，没有兴趣。微信圈子里打听了一遍，别的学院也没什么专题足以让人“腾云驾雾”地去赶公交，所以一上午待在屋子里，赶手头的任务直到中午。雾散尽，阳光普照，今天可能会是今冬的最后一个暖和天。明天直到周末，温度将直接降到 -4 ℃。

下午 4 点和泓出外散步，顺便去了趟超市，来去的路上再次聊到在哈佛听讲座的事。随着追听的讲座越来越多，慢慢地意识到，中国的学术研究和美国的学术研究不仅范式大相径庭，而且压根就不是一个路径，不在一个平面上。就文学批评而言，按照他们的研究模式写出的论文，国内不会有期刊愿意采纳；相反，按照国内的研究模式写出的论文，估计在这里也很难被接受。经常碰到的问题是，冲着文学这一关键词去听讲座，结果发现全程下来也可能连一个文学术语都听不到。至少当下他们做的文学研究已经完全超越了文学文本的界限，深入到历史、地理甚至自然科学领域里去了。学术研究也会有时段性和倾向性，莫非美国学界的文学研究已经前沿到忘记文本本身，纯粹飘到文化视界了？如果是这样的话，这可是对 20 世纪 60 年代起源于美国、强调细读文本的新批评的彻底颠覆。这样的研究趋势是我们这些搞外国文学研究的“外国人”永远也追不上的时髦，因为天不时地不利人不和，怎么深入地去做？比如今天我们院的文化文学讲座就是关于古巴人的 DNA 认证和历史的关系，和文学、甚至文化都不沾边。我和泓讨论后达成的共识是，每周听一两个讲座，了解他们的研究内容、方向和趋势就可以了，剩下的时间还是自己啃书，搞好自己的一亩三分地更实用些。

隔壁的 Laure 昨天得到面试通知，今天上午 10 点半去哈佛的一个医学实验室参加面试，她觉得这样的通知太随意、不正规，让她措手不及，来不及做任何准备，连买正装的时间都没有，于是 9 点多穿着棉袄和靴子急忙出了门。晚上 8 点多她下班回来，说感觉还可以，下周一出结果，问我要不要写封邮件表示感谢，我说当然要写了，据说这是基本礼貌问题，同时还可以顺便把面试时没来得及说的内容补上。十点半 Laure 端着她的电脑来敲门，让我看看她写的邮件是否合适。不得不说，学理科的她在写信的格式和语言表达方面确实有很多瑕疵。她说自己是理科生，思维是推理式的 $A>B$，$B>C$，所以 $A>C$ 的模式，对于语言的应用没什么概念和感觉，所以我帮她改写邮件内容，直到看她按下 send 键把邮件发走已经是晚上 11 点。因女儿目前和 Laure 面临的问题和处境基本相同，在现实生活中，我被迫践行了文学中的移情。

在纽约访学的朋友即将回国，网上请教了她在纽约的吃住行问题，尤其咨询了一下可以玩的地方和大致需要的时间，这是圣诞节期间的大致计划。不知不觉已是凌晨，没有精力整理心情，所以昨日事今日毕了。

散步追剧过冬天

今天是入冬以来最冷的一天，最高温度 3 ℃，最低温度 -3 ℃，尽管阳光高照，隔着玻璃窗仍然能感受到阴冷。草坪上蒙上了一层灰白色的霜，树叶少了先前的亮光。上午我在屋内看书，午后 3 点半不想浪费外面看似温暖的光线，约朋友出外散步，还好最后的一抹秋色秋景值得我们在初冬的风里瑟瑟发抖。抓住时机瞧一瞧，争取不让眼前的美丽“在不经意间偷偷溜走”。走在别墅区的小道上，之前树上娇滴滴的红叶，只剩下零落的几片在风中摇曳，那些曾经耀眼的灿灿黄叶，大部分都躺在路边或草丛里安睡，倒是房前屋后一些低矮的树冠和一簇簇叫不上名字的灌木丛，以深红、枣红或者桃红把周围的天地映出极致的暖色和娇美。这些在夏天被大树遮挡、被绿叶掩藏、不显山露水的小树小丛，此时才开始在冷风里傲骨尽显，扬眉飞鸿，展示魅力。在这个上帝造就的世界上，千万别小瞧任何一个物种。你可以在春天招展，他就能在秋天奔放，各有各的时刻，各有各的荣耀。

冬令时天黑得特别早，4 点半返回时西边的太阳已经落山，草丛上霜花泛起，路边的小水坑结了层层薄冰。以后出门散步观景的时间越来越有限了。

本来在网上注册好 6 点 15 分我还要去参加波士顿中心教会组织的感恩节晚宴，他们会有车在哈佛广场免费接送，但考虑到晚上回来会太晚，只好放弃。

周六的晚上给自己放假，心安理得地在网上追着《丑闻》看，原来制片人、出品人、编剧皆是 Shonda Rhimes，一月前她刚获得全球美国黑人杰出贡献奖，怪不得当她出现在现场时，观众的欢呼声、口哨声竟然高过个人财富超过 10 亿美元的黑人主持人 Oprah Winfrey——美国第一位黑人亿万富翁，当今世界最具影响力的女性之一。看电视到 9 点，后悔又消磨了时间，看电视不如看书，看书不如看心。我的自制力实在太差！

江西的朋友菊今天下午回国，竟忘了打电话或发短信祝她平安。菊在波士顿大学神学院访学，专业研究方向是中国哲学，是我们这个圈子里唯一的“局外人”，但因这边朋友偏多，她的学习生活基本都是在哈佛。她的儿子在国内上初三，怕耽误中考，假期都没敢接儿子过来。菊个头挺高，有两个酒窝，说话发音很靠前，听起来很温柔甜美。她平时喜欢戴墨镜，出门基本戴帽子。上次一起出去玩，曾半真半假地问过她，要走了，说说这一年来你最大的遗憾是什么，好让我们避免。她脱口而出，没好好学习。还有呢？答案可想而知，还是没好好学习，没有其他遗憾。大家哄然而笑，这个遗憾还是不避免的好！

感谢缘分！我们这群人，因专业相去甚远，在国内一辈子都可能没机会相遇，却在哈佛校园阴差阳错地聚在一起，一同听课，一同出游，一同吃喝。遥祝她一生平安喜乐！

寻“秋”作乐

上午8点我起床，感觉到温度下降。拉开窗帘，远山的色彩跟着秋天渐行渐远，一天天暗淡下去。黄叶零落，山前露出了一排排错落的别墅。没有了树的遮掩，那些颜色、外形、风格各异的小屋少了许多别致。原以为前面的小山很近，谋划着哪一天可以爬上山顶，现在才发现其实离得挺远，是树影缩短了距离空间。雾里看花，水中望月，朦胧才是风景。

每天吃饭时看着 Lida 头天晚上放在饭桌上不同颜色、形状、质地、高低的烛台，一直在揣摩西方人这种猜不透的浪漫。烛光晚餐，是一家人冬季里的温暖，与光线无关。傍晚时分，烛光摇曳，红酒添香，朦胧瞬间幻化成一种爱，弥漫在心里心外。情趣如同一个民族的性格，不可改变，更难以模仿。家徒四壁，柴米油盐，精神空虚，心烦意乱，即使有心点一根红烛，大概也只是因为停电。有一种浪漫叫虚幻，你永远不必当真去追去想。

上午在家读书，午饭后天色开始变得暗淡。和霓、泓继续出去寻“秋”作乐。穿越几个街区，来到离我们三个住处都不远的一个无名湖。周边的草本植物几乎都已凋零，剩下不多的几株野草，并不掩饰本性中的炫耀：有的凭借残花，有的依靠飞絮，有的直接是果实。一群灰棕色的野鸭和野鹅，好像丝毫不在意“玉湖”冷风，在湖中随心随意地游荡嬉戏；稀疏的树叶间能听见小鸟在鸣叫飞腾，不时惊落几片危叶，在空中旋转翻飞，“犹言惜故林”，舍不得离去；湖边的小径上偶尔能有一两个跑步锻炼的当地人，穿着短衣、短裤，脚步稳健而神情坚定；当然还有在嗖嗖冷风中不安分的我们仨，“林间独扫频”，寻找浪漫。

其实真正疯狂的是落叶！没有蓝天白云帮衬，它们照样出彩。好一个“陈绿向参差，初红已重叠”。黄得透亮，红得鬼魅，老得结实，嫩得青翠。在生命的最后一程，这些铺满绿色草坪上厚厚的落叶，还不忘簇拥在一起争奇斗艳。不忍心踩上去破坏，又担心放过去后悔，只好绕来绕去，把静观审美纠结成贪欲贪念。

不到下午 3 点，天色向晚。我们路过超市买了点必需品回住所，网上相互传送照片，也不忘互相调侃。周日的晚上，不看书天经地义。边在网上冲浪闲逛，边期待明天下午莫言来哈佛的访谈，想亲眼亲耳见证刘再复笔下莫言的“狂欢”。

再见了，又一天！

热衷的讲座被取消

晴天，气温 -3 ℃，地上开始结冰。下午 2 点半我出发慕名去听讲座。车窗外的公园里就剩下落叶、草坪和红于二月花的稀落的霜叶，校园里的七彩椅已被收走，就剩下勤恳的松鼠和麻雀依然为食而忙。热闹的秋天就此作别了！

下午 3 点到离讲座最近的 Lamont 图书馆的一楼看书，这里馆藏的似乎全是世界各国文学书籍，旁边有现刊和过期刊物阅览室。3 点 50 分，我去 Thamson Room 听讲座，里面的桌椅、板凳、沙发的摆放方式，似乎不像是布置讲座，问问门口的服务人员，说今天没有安排，以为看错时间了，出门在寒风中飞奔 10 分钟去我们的研究中心，一路上还在懊恼着自己的粗心。三楼办公室的值班人员 Velmont 是个热情的黑人，我打过招呼说明来意，被告知这里没安排讲座，又打了电话问秘书，才知道这次讲座全被取消，昨天根本就没开始，明天也不会有。她也很奇怪怎么也没人通知。其实中午 12 点研究中心的例行讲座我本该来听，但由于是有关大学里的数学教学问题，与文学实在没有关联就放弃了。整个上午都在期待这一与自己专业研究方向息息相关的讲座，真遗憾，最渴望听的内容竟被取消了。

其实这时候，我还可以赶去听下午4点到6点在哈佛校园纪念堂举办的美国前总统卡特有关女性权益的演讲、签名售书活动，一想到又得走十多分钟返回校园，再加上天气渐黑，华灯初上，街上的行人都赶着回家，那种行色匆匆的气氛使人失去一切兴趣，只想回家。

下午5点半回到住所，Lida 还坐在她的办公桌前忙着。她除了猎头公司的工作，还在教会里担任某个角色，今晚要主持一个例会，所以忙了一整天，午饭、晚饭吃的都是速冻食品。我问她整天这么忙除了充实，有没有感到压力，她说有一点。她还告诉我，她母亲刚刚查出来得了肺癌要做手术，感恩节后她要和她目前在爱尔兰工作的妹妹一起去华盛顿探望母亲。我顺便问了问按照美国文化得了这种病，会不会给病人隐瞒病情。她说一般不会，得病是病人自己的大事，当事人有权利知道自己的病情，理应第一时间让病人清楚。事实上，还是她母亲先打电话给她的。她说她母亲曾经是个导游，现在每到旅游旺季还上班，且很喜欢自己的工作，经常穿着维多利亚式的服饰，喜滋滋地带团环游华盛顿。她还说她母亲人很坚强，性格活泼、随和，人缘好得不得了。是她母亲告诉她自己病了，但没直接告诉她病情，而是给了她医生的联系方式，让 Lida 打电话问医生。好奇怪的思维方式，Lida 说好在是早期，治愈率很高。祝福老人长寿健康！

又一天溜走了！真可惜今天来回坐车浪费了大半天的时间，冬季里本来夜长昼短，白天时间有限，而多少年的习惯是晚上不看专业书，有人做了计算，离2015年就剩44天，应该完成的正业还都没有完成。祈祷在剩下的这些天内，让行动大于语言。

猫占人窝

我习惯了晚睡晚起，吃完早饭已经9点。冬天里难得的好天，洗了床上用品和所有能洗的衣物，因为洗衣机、烘干机都是全自动的，洗净、烘干，叠成平平整整的一堆只用了一个半小时，内心觉得纯净了许多，连房间的空间似乎也变得宽敞了。中午我做饭、吃完饭上来推开门，发现房东家的大花猫舒舒服服地躺在干净的床中央，而且心安理得地连瞅都不瞅我一眼，让我无奈地只想哭。好不容易不再害怕直视它的眼睛，但它这样无视我的存在，多情、随意、坦然地不把自己当外“人”，让我怎么培养起对它的好感？迫于无奈拉起床单再次塞进洗衣机里，丝毫也不想沾一点猫气，下次下楼出门，一定不给它留任何机会。

相对来说，这只猫其实更喜欢去隔壁 Laure 的房间，原因之一是 Laure 把起居室原来它经常躺的床换到了自己屋内，所以经常看到猫像个乞丐似得蹲在她房门口，喵喵地叫着等她开门，有时还用爪子猛抓门框和地毯发泄不满。为此 Laure 很无奈地跟我说了好几次，说这个猫太 crazy

（疯狂），整天跟她争床，只要进屋必然会躺在床中央，赶都赶不走。

听说大部分养猫人常常和自己的宠物猫亲密无间，晚上都会让猫躺在床边，想想都让我浑身发痒。我是不是太冷酷、没有爱心，反正此生注定和猫有缘无分了。

中午看见霓在微信圈里呼吁出去玩，一是外面确实风大，二是不想太肆无忌惮地出外潇洒，于是装作没看见，一下午老老实实地在屋内看书，小有成效。期间热心的谭某打电话约周六去她家吃饭，理解她的良苦用心，更不想麻烦、打扰她，因为周六费正清中国研究中心有个翻译研讨会已经注册过要参加，所以只答应明天晚上会跟她去华人教堂。

晚饭后我回了几封邮件，看了两集《丑闻》，浏览了“文学城”里的国内外大事，读了几篇订阅号里的哲学片段，就这样送走了一天。

Laure 眼中的法国

昨晚 10 点，Laure 敲门进来，照常盘腿坐在地板上，聊天到 11 点。她目前上班的制药厂，实行 24 小时工作制，管理混乱，老板随意调整员工的工作时间，每周只能休息一天。她最近一直忙于写简历、投简历，明天上班时间调到下午 3 点到半夜 11 点。因改写的简历最晚周一必须发出，但再请假，可能会被老板炒掉。她说希望周二能参加一个法国人办的研究会，我说这多好，可以认识更多的同乡，或许还可以得到帮助，没想到她的回答是“想都别想”！法国人高傲自大，嫉妒心特强，绝对不会愿意帮助自己的同胞。她说法国人聚在一起，三三两两，基本都在评说他人的不是，谁家老公出轨，谁家老婆太胖。她还说法国人看见你穿了件新衣服，会带着嫉妒如此夸：“哇，太好看了，比之前那件好看多了。”她拿到“绿卡”分享给法国朋友，朋友听了都立即拉长脸，“是吗？再见”，装都懒得装。老牌资本主义国家里的法国，世人的眼里全是浪漫优雅，在 Laure 眼中却变成虚伪和浮夸。

说起法国现任总统奥朗德，她说那是个十足的流氓，竞选总统期间曾被一位女记者敲诈暗算，不得不休了自己的结发妻子。跟上届总统交接仪式上，当着全世界人的面，只握了握手，头也不回地直奔总统府，且整整一周没有露头，既没有按常规召集内阁会议，也没有按常规出来走访民情。经济下滑，失业率猛增，没有政治外交手腕和主张，跟在欧共体后面瞎转，这是法国的现状。相信没有人会在别人面前给自己的祖国抹黑，所以我愿意相信 Laure 的话，目前的法国国情正在下滑。

上午 9 点 15 分，我抵挡不住谭的热情相邀，跟着她第二次去了莱克星顿华人教堂。除了布道语言之外，和英国基督教堂周日礼拜的程序完全一样，先是台上的唱诗班唱几首赞美诗，接着由副牧师主持做简单的祷告并带领所有教友唱两首赞美诗。必须承认，歌曲的旋律很似流行歌曲，高昂抒情，四五百人一起引吭高歌，教堂里充满一种精神上的豪兴。接着是牧师充满激情的布道，应该是接着上周的内容讲《圣经》的经文，因周五就是感恩节，很多内容都和感恩联系在一起。也许里面太闷热，听得我直打瞌睡，可能有违上帝的旨意。站讲台近三十年，对于台上人的任何讲座会有一种本能的辨别能力和挑剔，不会轻易被打动，反而看到的都是瑕疵和毛病。中午我在教堂吃了午餐，盒饭性质的，因为是首次，所以免费，其他人只要花两美元。在这里吃午饭的有五六十人，大多数是一家人一起，省着回去做午餐。亲切、友好、热闹是所有基督教堂的气氛。

午饭后去了美国较大的连锁超市 Costco，这里购物是需要 100 美元买会

员证才可进入，里面东西确实比 Star Market 便宜得多，但大部分生活用品是成打卖，相当于批发，所以价格才优惠，不太适合我这种一人吃饱全家不饿的顾客，但还是买了近 80 美元的东西，但愿不会放坏，争取全部消灭。

下午 2 点半我回到住所，橙黄的阳光穿过窗户玻璃投射到墙上和床上，舒服又暖和，躺在床上看会儿书，午休至 4 点。

我在网上帮霓写了访学报告和几封英语邮件，她元月底回国，因导师要休假离开，她现在已经开始收尾了。只有这时候才发觉自己的优势，原来写封邮件对非外语专业的人来说，是有难度的。

晴转阴的心情

雨停了，天还阴着，温度反而上升至 15 ℃。学校放假，没有任何活动，不得不在家看书用功。群里有人按捺不住喊着，这个群怎么冬眠了？有没有好心人叫醒大家出去玩？看来，不想整日把自己关在屋内的不只是我自己。外面的树叶基本落光，没有了蓝天白云作为陪衬，波士顿回到了本真，到处是光秃秃的灰黑色，除了干净的路面和错落的洋房、别墅，觉得和国内没什么两样。这样的他乡，怎么也不会让异客们感念！林徽因曾说过，“有人说恋上一座城，是因为城里住着某个喜欢的人”。她说的其实不然，也许是为了城里的一道生动风景，一段青梅往事，或一座熟悉老宅。是啊，城市本是一个鲜活的生命有机体，是无数时空交错下人文情愫的聚居。有人痴情风景，有人独恋佳人，有人念念不忘的是乡土乡情，但细想，对过往的人、物、事、景、地的梦绕魂牵，千回百转，归根结底忘不了的，还不就是过往的某段时间，把人的生命切割成历史碎片的时间。所以，当剑桥河边的徐志摩无奈地挥挥衣袖与云彩作别时，抖落的不仅仅是被风月“揉碎”的情感，更有那追不回的两年时间。

哈佛校园没有青梅，没有故居，现在就连风光都没有了，唯独这段时间，注定将会成为生命中一个不错的渡口、驿站，和记忆结下解不开的情缘。

明日要变天，下午4点我散步到超市买了点必需品，回来的路上天已经全黑，感觉自己怎么那么像秋季忙碌的松鼠，急着给自己储备粮食，不舍昼夜。

D（我老公）顺利拿到签证，女儿兴致勃勃地聊着她重新调整好的计划，我周六感恩节出外购物的人和车也都联系好，今天的心情不错！

10点半Laure捧着她的电脑敲门进来，满脸的沮丧。她申请的工作遭拒，极不情愿地写邮件想表示感谢，却拿不定主意怎么写。写邮件用了不到五分钟，可她用了一个半小时来吐苦水直到午夜12点，把我这里瞬间变成了她情绪的垃圾场。她说她拿了四个硕士学位，如今干着体力活，根本用不上她的知识和大脑；说她周围的同事和当年加拿大的同事一样无知，只知道溜须拍马、搬弄是非；说现在的老板是按照体重选出来的，没有脑子，典型的屁股指挥头脑；说她从加拿大到美国，生活工作没一点起色，就感觉自己一直往下沉，没有谷底；说自己已经竭尽全力，怎么看不到任何希望；说她们家人是不是注定都不会成功。她外祖父努力了一辈子，最后也没把日子过好。外祖父有9个孩子，8个都是私生子，而且笨得无法想象，唯独她妈妈不是，还是通过DNA验证之后才被认可的，因遭其他几个暗算，说她偷了父亲的钱财，如今面临牢狱之灾。我说你看问题的角度有问题，总选择负面，她说那是根本不存在正面。她说她沉到生活的谷底了，我说那好，以后的任何变动都是向上。她说她看不到希望，我说任何大的成功都不会轻易驾到，你需要等待。她说自己不再年轻，需要尽快安定，我说在我这样的“老人”面前，别提年龄。她说她无路可走，就剩下买彩票，我说“why not?”（为什么不）你的运气又不差，连绿卡摇号都能被挑到……

别人的经好念！尽管我在努力劝着Laure，自己却不敢肯定如果碰到这种怎么也无法突围的生活窘境，自己是不是也会心灰意冷。33岁的女孩，依然单身，四个硕士学位，却找不到用武之地，这会不会与自身的性格有关？从她搬进来的第一天起，她传递出的都是负面的信息，从中隐约可以读出她的孤傲、孤僻、敏感、多疑。一面很同情她的不顺利，一面开始厌倦她没完没了吐苦水，真的影响了我的情绪。本来心里晴空万里，风平浪静，让她这么一会儿乌云一会儿邪风的侵扰，变得乌烟瘴气，不仅没有时间、心思整理心情，连好梦都变成了梦魇，惊险连连。

这算不算自私？

姐妹畅聊下雪天

清早天气阴沉，饭后我约了朋友霓和泓中午来我这里吃饭，也算提前庆祝感恩节，吃顿没有火鸡的午餐。房东Lida和女儿 Emma 周二去了加州度假，Laure 整天忙着上班不在家。毕竟寄人篱下，一个人时感觉更轻松自如一点。微信圈里先征求意见，霓嚷着想吃饺子，泓却在网上泪奔，恳求吃油饼。最后老大霓妥协，中午做了三个葱油饼，拼了四盘菜，热热闹闹地吃完饭，上楼喝茶。

外面的雪越下越大，飘飘洒洒。房顶上的雪一层层积厚，路上的雪即下即化。开足暖气，品着红茶，听着乐曲，看着雪花，话题峰回路转，游离而奔放，从学业到学术，从世事到国事，从高雅到通俗，绕不开的总是生活。于是大家开始相互逼着晒老公。之前闲谈时，只是偶尔必要时提及，彼此的另一半从来没上过台面，这次动了真格。东道主开始，无奈之下亮出了刚刚拿到的结婚照，俩人大呼小叫，直夸某人帅气。霓竟然睁着她那双色眯眯的眼睛，要求面见。这还了得，直接回绝！

接下来，泓在随身带的电脑里晒出了她们结婚时的艺术照。当年的小伙子何某，英俊帅气，书生气十足，圆圆的娃娃脸上带着稚气、洋气和江南男子特有的秀气。还没看几眼，泓强行关了电脑，霓强烈反击，大呼还没过瘾。该轮到霓了，未曾想她找各种理由推脱，说手机里没存，电脑又没带，让她报上名来网上搜索，她怎么都不肯，只说老公也不差，今年的百家姓排名第一的李姓，这怎么能排除出来？我们就这样被她给算计了，不愧是老大。

朋友泓沉稳、安静、理性、直爽；朋友霓高傲、冷峻、“老奸巨猾”；加上个没心有肺的我，三个女人，异国异乡，有窗外飘扬的大雪伴舞，在充满友情和温暖的阁楼，敞开了心扉，忘记了年龄，调侃着一曲曲超越年龄的浪漫情调。女教授，也疯狂！

下午5点我送走她们，才记起要写几封邮件给这里的导师、同事和朋友，送去感恩节的问候，同时回了学生从各方送来的节日祝福。细数一年来工作生活中要感谢的人和事，还真是不少。首先，真心感谢国家留学基金委的支持，让我有了这个在顶级大学圆梦的机会；还应感谢导师的接纳认可，让我成为研究中心第一位来自中国的访问学者；也要感谢学生们纯纯的爱戴，他们的问候让我体悟到为人师的自豪欣喜；更要感谢朋友们的关心关注，让我继续前行；当然要感谢老公和女儿的支持和亲情厚待，让我可以这样无牵无挂地潇洒开心，醉心山水，放逸情怀。如果还有的话，一定要感谢上帝，让平凡如海滨的我，生命里不乏色彩，生活里充满着爱！

晚上7点半我热了热中午的剩饭当晚餐。外面依然风雪交加，期待明天早起，在感恩节里，看霜雪交加，望银装素裹！

感恩节的购物狂欢

8 点半我刚醒，谭姐打电话问要不要去购物，这还需要犹豫？起床、洗澡、做饭、吃饭，40 分钟搞定。9 点 20 准时下楼，去波士顿附近最大的购物商城，路上呼啸而过的车流告诉你美国人民购物的欲望。行车 30 分钟到达目的地，停车场的车位几乎爆满，说上千辆绝不夸张。重视感恩节胜于圣诞节的美国人，绝对不会轻易放弃这个难得的购物机会。尽管网上有人出了不少高招鼓吹网购优势，但赶集赶了半个多世纪的美国人是不会轻易相信的。先去 Macy's，打算在此扫货两小时后转战 Sears，没想到就云游了一楼、二楼，已到下午 3 点。看惯了人山人海的中国人，并不觉得商场内顾客总数有多少，不过美国人会以为自己吃过大盘荆芥，见过了世面。暖气很足，穿短袖刚好，"人声不沸"，小声交谈没问题。每一处商品柜台、货架前都挤满了各种肤色、年龄、种族、体格的人，货比多家，挑三拣四。商品的价格确实比平时低很多，只是打折的幅度各异，但基本都是对折以上。看上的衣服可以先挂在胳膊上、扛在肩上（一定是扛，没有谁手里只拿两三件的，因为同一款服饰，若拿不定主意，可以选不同颜色），直到胳膊酸痛走不动了，去试衣间关起门一件件试穿，不合适的可以直接丢在试衣间里。出门后负担轻了，好吧！继续扫荡！想不起来看时间，不屑于考虑钱，反正看着顺眼的就先拿下，好似白白捡干柴。直到觉得累得走不动了，才发现时针已转了好几圈，早该停下来喘口气，喝口水，吃点东西暖暖胃，补充点热量和能量了。

我平时其实不喜欢逛街，也从来记不住衣服的价位，一般都是没合适衣服穿了才直奔商场，找到合适的掏钱装上就走人，不会像个别朋友那样一整天“逛”淘宝。好在今天跟对了人，身材苗条、长相漂亮的谭姐（关于谭姐，故事很长，待续）对买衣服很懂行，而且也有眼光。我只跟在她后面，她说哪个价位不错可以买，我就挑件挂在胳膊上。说不清楚商场内部有多大，反正出口就有八个，若相互走失了想找到，你得运气好。一楼女装转了大半圈，二楼男装只走了几个小地方，就耗掉了五个小时。拎着战利品回到住所，才觉得多么对不起自己的双脚、老腰和后背。购物刷卡的那一个个瞬间，动作豪气又潇洒，回来拿过购货单一算，表情肯定有点难堪。我几乎刷掉了国家给的月工资的八分之七！多亏前几个月还有结余。不管怎样，首次尝试了一把什么叫“黑色星期五‘血拼’”，体验了一把什么叫扫货不眨眼。

今日战果：雅诗兰黛一瓶（几乎没打折，但送一精致小包，内装各类迷你液、霜类），这是最贵的一单，155 美元；连衣裙一条，价位排第二，107 美元。其余都是毛衣、线衣、打底衣、休闲装等，还给老公买了件 Polo 衫，以示贤惠。

回来后我一件件试穿，让视频那边的女儿再把把关，按照她的意见，需要淘汰三件，反正一个月内都可以拿去无条件退货退款。

因跟朋友们说好明天去购物，本想放弃，可临时找不到替换的人，不好意思让他们每人平均额外多付车费，所以，明天还得早起，再去 outlets（工厂店）。提醒自己即使疯了也别狂，低调，低调。

Laure 的坎坷经历

今天我老老实实在家看书，连朋友霓建议去听语言学大师乔姆斯基本学期的最后一节课都果断放弃了。老乔在语言学界威震四海，名气冲天，但专业方向毕竟隔得太远。贴张霓拍的照片，全当隔空追星了。

两周前我很偶然地看到徐晓的《半生为人》，只读到几句就被她思想的深刻和言语的犀利折服。一直试图在网上猎获无果，午饭后再次广泛撒网捕捞，不仅一无所获，电脑还中了病毒，竟然偷换了我喜欢的主页，而且无法恢复！深刻地领会到“偷鸡不成蚀把米”的无奈后果。郁闷！

做午饭时 Laure 继续诉说昨晚 11 点被我打断的抱怨。她的硕士论文之一被她的同学剽窃并发表了，说加拿大的某个实验室现在用的正是她论文里的实验结果。她在说这些的时候如此恼怒，手都在颤抖。学生李静在我的留言里说得对！现在越发觉得她的心理有问题，每次提到别人都冠以 stupid（笨），而自己既有潜力又有思想。为了不再当她的垃圾桶，提议她遇事应该找亲戚、朋友、老师当中的智者多商量，听听他们的建议和意见，然而她的回答却让我无语：妈妈是孤儿，没有文化，给不出什么建设性的指点；跟爸爸几乎没来往，说爸爸只会嫉妒（她用的是“嫉妒”一词）她的才能和聪慧；而所有的导师都认为她 crazy（疯狂），不会帮忙；之前的同学也基本不交往，因为不在一个层次上。

这是怎样的一位姑娘？我断定她的成长中必定会有不少的辛酸和创伤。昨晚还说起她凭摇号幸运地拿到美国绿卡，可能是因为当时和“脑残”的导师有矛盾，因此导师拒绝让她毕业拿学位，因此她与魁北克大学校方关系很僵，这么轻易地拿到绿卡是有人专门帮她逃离那个“危险”的地方。无法判断她的推论有没有根据，反正看着她湿了眼圈流了泪，我的厌烦立即让位给心软。一个女孩，为了改变命运单枪匹马在外闯荡，这种特立独行的洒脱、勇于进取的意识和精神、顽强的生命状态值得尊敬。四个硕士学位在手却找不到理想、稳定的工作，除了外部因素之外可能与她的个性脱不了干系。自己总把自己认同为天才，周围当然只剩下愚蠢的人了。她思想的偏执和个性的乖张，倒确实符合天才的某些素质。不管怎样，希望幸运之神能够早点造访完全活在自我世界里的 Laure，让她过得轻松，活出潇洒！

下午我抽时间去最近的一家名叫 CVS 的超市买面包，看到路边一棵树干上长出的一堆黄白色的蘑菇，有感于生命的力量有时真能超越人的想象。寒冬时分，连树叶都解甲归田了，肉眼看不见的一群菌类却集聚在树逢间欢腾，

一不小心迸发出生命的冲动，悄然成型，活得顽皮、倔强又“冷静”。

下午又有朋友打电话说费正清中国研究中心有个关于中国的讲座，我没有去，突然觉得不该再去关注外国人有关中国的讲座内容了，这样的讲座里背景介绍部分占很大比例，套路无非是以不同的眼光挑毛病、看热闹，了解一下他们研究的方法就足矣，何必再去浪费时间？该调整思路，下学期争取多去听听以美国为中心内容的讲座，从中深层次、多方位地了解美国的文化才是正道。花了三个月的时间才领悟到选择的错位，这是不是 Laure 眼中的 stupid（愚笨）？明天问问她。

浪漫的 Lida

早上 7 点我起床，外面飘着雪花，本想待在屋内休息，朋友泓来电话要我陪她和中介签订租房协议，11 点出发去学校，顺便听了场中午 12 点哈佛法学院、哈佛中国法学会邀请到的国家开发银行副行长高坚先生的讲座。高坚曾担任国家开发银行副行长、党委委员、总经济师、财政部条法司司长、国债司司长等职务，见证过中国跨境投资的全球化发展。与想象中的中国官员的“官腔官势官模样”反差很大，高坚先生一头茂密白发，一副深度近视眼镜，一口流利的英语，风度翩翩。除了讲话声音不够铿锵之外，可以用完美来概括。

高坚以中国对非洲投资和援助项目的机会与挑战为视角，用大量详细的数据分析展望了中非经济发展的趋势。因为对金融方面的知识一窍不通，无法断定其中的新思维或新观念，但整个讲座的结构、推理、论证和结论都很完美，看得出演讲者的学术知识和背景。对于提问环节里的敏感问题，他的回答机智果断。大部分时间都是脱稿讲演，再加上回答问题时的旁征博引，看得出他的讲稿显然是亲力亲为，不是代笔，这样的中国官员，让人心生一种希望。

2点多我办完事，放弃了下午4点15分的另一场讲座，坐车回家，天阴沉沉的，但地上堆积的薄薄的雪和空中飘着的小雪花，把四周映得微亮。门口放着两包写着我名字的包裹，这是Lida买给女儿的圣诞礼物，前几天已经告诉我想给女儿惊喜，收件人换成了我的姓名。和大多数东方人的含蓄不同，这种生活的小情趣实在是西方人的专利。制造生活中的小情趣、小惊喜并不难，难的是有没有这样的心境、心思、心情、心绪。这会是文化的差距，还是个性的差异？与社会环境有关，甚或与民族的DNA相关？或许是一贯的定势思维，习惯于在事实的外部找寻原因和理由。其实Lida的工作也很繁忙，家庭生活也并不和谐，甚至没有稳定，况且母亲近期刚查出肺癌，她完全有理由忽略这些可有可无的小事，但她没有。生活是由无数个细节构成的，忽略了细节，就是忽略了生活本身。而有些人正因为对这些所谓的琐碎的忽略，生命里才会少了该有的颜色和精致。纵使我们无法把握生命的长度，但生命的质量有时是由态度决定的。有人在豪宅里为几千万的生意投资痛苦不堪，有人在简陋的破屋里为省了一毛钱而庆幸欢畅。时间不认钱，脚步不紧不慢，但不可逆转。态度决定一切！

到了晚上，我感觉精疲力竭，无心做任何事，打开电脑看几集电视剧，消磨时间。

昨天晚上从罗德岛回来的路上，司机把我和泓放在波士顿华人文化中心门口，经别人介绍，我们被邀请来参加这里的年终聚会。这是一个和华人教会平行的文化圈子，这里的会员一年只需缴纳20美元的会费，主要成员是本地区的文化人，包括在哈佛大学、麻省理工大学、波士顿大学、波士顿学院等高校工作以及对中国文学文化艺术感兴趣的华人。中心内部又分为几个小组，有书法班、合唱团、鼓乐班，还有汉语语言班，专门教第二、三代华人学习汉语知识。当晚小聚的一组叫艺文小聚，由当地一些小有名气的教授、作家和学者组成，三分之一的成员都出版过专著。每月活动一次，每次邀请各行业各专业的人做一次讲座。聚会过程中，还安排了文艺演出，其中一个节目是由十几位老年人组成的合唱团演唱，唱了几首中国传统歌曲和台湾民谣。看着这些穿戴整齐的老年人神情专注地放声高歌，在感叹他们晚年生活的多彩之余，我心里还有点感伤。作为第一代移民，他们的背后注定有着不寻常的人生经历和奋斗史。不禁想问，他们当年是以怎样的果断和决绝，漂洋过海，在此打拼出如今的生活？他们的儿女们是否如他们的心愿，过得衣食无忧？夜深人静、佳节月圆时，他们是否受乡愁的困扰、有对根的思恋？他们还有没有更大的、未完成的心愿？如果时光能倒流，他们是否还会做同样的选择？这些问题的答案都不得而知，但可以肯定的是，放弃安逸，选择颠簸、追求美好的人，注定是令人钦佩的，就祝福他们的晚年平安喜乐！

另一个节目是四个十一二岁男孩的鼓乐表演。鼓是中华民族特有的娱乐方式，喧天的锣鼓声响起，周围迅速弥漫起浓浓的中国味儿。奇怪的是，这种震耳欲聋的声响，给人的感觉却不是噪音，没有聒噪，而是一种震荡的激情和审美愉悦。这大概就是老祖宗的智慧和艺术的魅力吧！相信孩子们的鼓点声一定会敲醒沉淀在在座华人的灵魂深处的乡音乡情。

活动结束时我和一位台湾老人交谈，她叫王启华，年轻时在美国读大学，毕业后找了份工作留在了美国，当了一辈子会计。退休后再次捡起自己的写作喜好，如今已出版英文诗集一本 *Shadows and Light*（《影与灯》），交流了很多关于工作、关于写作、关于诗歌的话题，老人送了一张名片给我，让我称呼她“华姐”，说挺投缘，还约定好下次见面的时间。

聚会结束回到家已是晚上 10 点，奔跑了一天，晚上再也没有能量记录这一段经历，推至今日，是为补遗。

守住属于自己的梦

上午正在看书，Lida 发来短信，说她和朋友明天下午 2 点去看戏剧演出，刚好有张多余的票（70 美元），问我是否愿意同去，因上周约好明天去 Watertown（沃特敦）的 Ruth 家参加圣诞 party（聚会），所以忍痛割爱。好不遗憾！

午饭推迟到下午 2 点半，简短的午休起来已经没剩下多少白天。下午 4 点我站在窗户前看着太阳落山，晚霞映红了西边窄窄的一片天，上面被厚厚的云层遮盖，呈现出层层叠叠的美。要是“夕阳无限好”的后面没有那句无奈无助的“只是近黄昏”就好了。世间的东西因人心的贪欲总有那么多的不完美，不管是夕阳“破东山”，还是“入东篱”，都是自然中的自然，难如人愿。所以于人，守住自己的心，守住单属于自己的梦就够了。

晚上我下楼去做饭，客厅角上放着的圣诞树已经全副武装，彩灯闪烁，彩球晶莹，加上四周灯光的映衬，显得那么美。厨房的灯都亮着，餐桌上放着一束鲜艳的玫瑰花，水池里放着没来得及洗的刀叉和酒杯。Lida 和男友 Paul 一起出去了，她的女儿 Emma 在自己的房间对着电脑说话，忽然间觉出某种惨淡。圣诞树和家一样，本应是盛放爱和温暖的地方，同样需要温度、需要人气、需要聚拢、需要你来我往的交谈，可眼前空荡荡的屋子，没有人影，圣诞树的美，玫瑰花的鲜，各色各样的灯光，反而衬托出满屋的寂寥和孤单感，禁不住为独自在家的女孩 Emma 遗憾。无意对 Lida 的个人生活评头品足，她追求个人生活的完美和幸福无可厚非，但冬天周末圣诞前，留女儿一人在家，我会有点于心不忍。尽管心里明白我“非鱼”“焉知鱼之不乐”，还是不自觉地把自己的情绪移植到这个空洞洞的家和她娘儿俩的身上，因而体悟到环境和心境的强烈反差。

手头上的一个课题写到了瓶颈，怎么也理不出头绪。下午换好了衣服本想出去转转，结果被外面呼呼的风声给吓了回来。晚饭后思绪更乱，依然没有进展。我索性一边听着音乐，一边整理昨天在图书馆做的笔记，不知不觉已是夜半。

Ruth 家的欢乐聚会

早上 8 点我一睁眼，蓝天穿过百叶窗贴过来，给房间内涂上了一层蓝莹莹的光。心情大好，起床、洗澡、做早餐，又一个星期天。

Paul 刚从门口拿报纸回来，在厨房里煮咖啡。对美国人来说，早餐和报纸似乎不可分割，尽管如今有各种迅捷的传媒方式能在第一时间让不出门的秀才也知天下事，但早餐加报纸却已渗入美国人生活的深处，根深蒂固。几乎家家户户都有订《纽约时报》，每天一大早都会看到家家门前横七竖八地躺着装有报纸的蓝色塑料袋。其实对于每天按时而至的报纸，Lida 只是偶尔翻翻，根本没有时间通读。有时候一周的报纸会原封不动地叠放在一起，又重新被放进可回收的纸质垃圾袋里。只是报纸于她，更像早餐一样，是生活的一部分，她渴望阅读，需要这种资源在身边，不管有没有时间。这是一种值得赞誉的文明习惯。

听说昨天晚上波士顿的黑人又上街游行了，且声势浩大，所以顺便问了问作为律师的 Paul，如何看待这次轰动全美的白人警察枪杀无辜黑人小伙子的事件。他的第一反应是 It's too bad（这太遭）。在我的追问下，他谈了自己对美国警察的看法。他还开玩笑问我是否被警察抓过，之前曾听说过在美国，最好别向警察问路，因为后果无法预料。不过刚来美国找房子时，还真的招手向开车路过的一个警察打听怎么也找不到的地址，他很热心、耐心地给予帮助；也见过交通要道上警察的贴心执法过程。这些正面的见闻应该不算是偶然。天地泱泱，相信好人一定占多数。

午饭后如约去了 Watertown（沃特敦）的 Ruth 家参加圣诞 party（聚会）。我赶到时已是下午 2 点半，那里已经有十多个人了，其中有三对中国夫妻和他们的孩子，应该说是一场组织得很成功的家庭聚会。喝下午茶前，先让大家动手按照图纸用 ginger（姜）饼像玩积木一样搭建姜饼屋，其中所有的黏合、装饰材料都可以食用，这是传统的圣诞食物之一。

接下来是互换礼物环节，先抽取顺序号，再按号挑选大家各自带来放在圣诞树下包得很严实的礼物，且当场打开，这个规则在美国很流行也很有趣。1 号是幸运号，抽到 1 号的人先挑选，依次排在其后的人若对自己的礼物不满意，有权利和前一个交换，但只有 1 号享有特权，到最后可以换回自己喜欢的任意一个礼物。这个幸运的人竟然是我！先打开的是两盒红茶，被 2 号用一盒巧克力换走，到最后充分使用了我的特权，在一片起哄声中，用那盒巧克力换来一个漂亮的杯子。整个过程惊喜连连，欢呼声一片。图的是个“乐”字，礼物靠后。

接下来，刚刚博士毕业的美国姑娘 Liz 弹着吉他，大家围坐在一起唱英文的圣诞歌，欢庆的气氛顿时变得浓烈。晚餐之后已是 6 点半，大部分人道别离开了。剩下四人帮助 Ruth 大致收拾了残局之后，开始看她提前准备的电影《圣诞节的来由》。忙碌了大半天，坐在舒服的客房里，在烛光里看电影，没放映到一半，两人已昏昏欲睡。于是提议今天到此结束，有机会再看。Ruth 开车送我到家已经 8 点。

Ruth 用她的热心和爱心践行着一个基督徒博爱的精神！素昧平生，她却愿意花时间、精力和金钱给大家带来温暖。物质上，她并不富裕，甚至还有点贫穷，但在精神上，她活得丰美、富足和潇洒。

回到屋内，我发邮件表达了谢意。上次认识的 Gilbda 打电话约我周六下午去看一个画展，说她是会员，可以带一位朋友免票进去。我欣然答应，并期待这次被艺术熏陶的机会。

虔诚的谭姐

早上8点我起床，9点整才坐在桌前整理资料，不知不觉中已到中午12点。通知本月24日前交社科项目资料，才觉得必须赶进度，不能再拖延。之前精心准备的课题临近了才发现去年有人已中标，只好放弃，重拾去年的主题，再大刀阔斧地修改。除了研究范围，视角、思路、主题、内容、重点、方法都做了修正。尽管明白评选过程黑幕不少，而且自己没有神通广大的能力，自知希望渺茫，但死马当活马医，撞撞运气，至少逼着自己看点书、做些思考，不浪费时光。初稿出世，发给于教授帮忙把关，尽管心里不满意，但还是放松了很多。

下午2点半开始做午饭，我用从韩国超市买回来的蘑菇和白萝卜做炖菜，吃出了浓浓的家的味道。下午的时间没剩下多少，外面又是黑沉沉的阴天。周末了，听听音乐放松心情。

晚上和朋友泓及一位甘肃小伙跟谭姐去了华人教会，终于搞清那里周五晚上查经的程序。7点半开始，先有人专门按事先分好的小组教唱赞美诗，有时会安排已经受洗的教徒做分享，主要是他们如何顿悟，愿意全身心侍奉上帝的原因和体会，接下来是《圣经》内容的学习。因为我们参加的这个组是专门给不相信上帝或者非基督徒开的，查经的内容是一次一章，由专人逐段逐字阅读和讲解，好多知识仅靠肤浅的阅读是无法理解的。难得有如此深入地学习圣经文化的机会，下次谭姐再打电话，不再找借口推托。

谭姐，湖南人，属于老三届，第一批上山下乡的知识青年，作为当时能歌善舞的文艺骨干，很顺利地被推荐上了大学。1994 年老公来美访学时来探亲，就想办法留了下来。由于没有身份，每天提心吊胆地打黑工补贴家用，刷盘子洗碗的活干了好几年，吃了不少苦。到了 40 岁才上硕士，为了好找工作，选的是当时很吃香的计算机专业。如今她快 60 岁了，在一家公司干着老本行。计算机专业是一门永远处于动态更新的专业，几乎不能吃老本，所以她深感力不从心，但为了在学制八年的医学院读博的儿子，还在坚持上班。

谭姐几年前受洗成了基督徒，虔诚无比，但凡遇到从国内来的中国学者或学生，都会热情相邀去教会，希望他们像她一样，能有福分沐浴主的仁爱。她不惜牺牲自己的时间、精力，甚至金钱，无私帮助他人的言行，确实让人感受到以博爱为主旨的基督精神。

晚上回到屋，已是 11 点，疲惫不堪，选择休息，把写日志推到第二天。

欢聚饺子宴

昨天我盯着屏幕时间太长，早上起来眼睛酸疼看不成书，在网上匆匆查了做虾饺的菜谱，便合上电脑。朋友芹邀请明天去她家包饺子，于是回邮件推辞掉了去 Jenny 家附近的教堂，然后去她家过平安夜的邀请。Jenny 家在大波士顿地区最西北一个 town（镇子）上，距离不近，收到邀请的人很多，所以她没法接送，需要坐公交、换地铁，考虑到晚上回来太晚不安全，所以满心愧意地找个理由推脱，决定平安夜跟中国朋友一起过。

午饭后下起了小雨，下午 2 点半我冒雨去了趟超市，买回晚上做虾饺的部分食材和临近圣诞打折不少的其他食品，回来后就开始准备。Lida 今天 4 点下班回了家，和 Emma 一起收拾客厅。一边听着钢琴曲，一边准备着饺子馅，她们娘儿俩跑来跑去地忙乱，屋檐下散发出一股股浓浓的中国年味。

我第一次尝试做虾饺，照着网上的菜谱一步一步学，丝毫不敢马虎。馅料有剁好的虾肉、葱丝、红萝卜、姜末、黑胡椒粉、少许香油。馅拌好后，开始和面，用的是玉米粉芡，拿开水烫成絮状，再揉成面团，又白又透亮，加盖放置10分钟后开始包。先包成传统的饺子状，后来发现皮太脆容易开裂，再尝试包成小笼包子状，速度、效果都有提升。我特意包了一个放了草莓干的，让大家碰碰运气。6点上笼蒸，15分钟后，提心吊胆揭开锅盖，除了几个裂开的，少部分长得丑的，剩下的都很好。自己打75分吧！

Lida做的是印度风味的烤鱼，Paul来的时候带了盒甜食，Laure今天不舒服，没让她动手。7点半开始就餐，银制的餐具是Lida的奶奶作为家产传给她这个长孙的，已有83年的历史。关了灯后的烛光，摇曳着温暖，渲染出一屋子的浪漫。这一顿圣诞晚餐，将注定成为记忆中难以轻易泯灭的亮点。

Lida有意大利血统，Paul有以色列基因，Laure是法国和印度人的后裔，Emma是理不清的混乱，外加我这个地道的中国人，暂且把我们谈话中的非洲黑人也算上，这一桌，围成了一个世界。地博天广，乾坤朗朗，时间和空间把缘分交错成一桌圣诞晚宴，聚拢成喜庆的南北西东。

席间三次举杯，一是为眼前的世界人民大团结，二是为今晚的幸运之星。第一轮由桌上唯一的男士给大家分发饺子，一人一个，大家在“YA-MI”（美味）声中带着期待寻找。第二轮为体现公平，Paul建议大家亲自提取，各自开始用刀叉纷纷寻宝，在Laure的一声“Look, here is it.”

（看，在这）后，大家假装失望地惊叫，举杯祝愿她新的一年能尽快找到理想的工作，早日改变窘境。第三次举杯是为目前已经拿到六所大学 offer（通知书）的 Emma。曾问起 Lida 女儿 Emma 要选什么专业，她说那完全是她个人的事，自己从没考虑过，听说她想报考心理学和社会学。这种不干预的态度值得中国家长借鉴和学习。临近 10 点半，Emma 要去同学家狂欢，宴席就此而散，彼此用法语（在座的都会说两句）道了晚安。

到了夜半，红酒赶走了睡眠。我打开微信，像一位秋天里站在田间地头的农夫一样，在岁末和圣诞前，满心欢喜地收获着来自四面八方的挂念、祝福和祝愿。丰收的感觉真好！

温馨欢乐的平安夜

凌晨 4 点我还没睡着，早上 8 点醒来，打开手机，微信群里都是礼品袋、礼品盒，惊喜连连，关爱满满。怪不得重大的节日都在冬天，原来是让人们用爱来相互取暖。真希望多一些这样的节日，把在工作、学习、生活中忙乱的众人唤醒，告知他们记着问候家人、朋友，提醒他们自己也被他人挂念。韶华易逝，容颜易损，理应珍惜今世种种情缘。

上午 10 点多我才吃完早饭，今天不看书，给自己放假。上网写邮件，读邮件，回邮件，一下子和各方朋友、学生近了许多，其中英国来的邮件占多数。他们写信的方式和内容和中国人大有不同，一般不会回忆曾经共历的时间、事件，而会事无巨细地告诉你一年来发生在他们或家人或亲戚身边的所有事情，还有他们接下来一年的计划，精细到时刻，尽管有时他们说的那一长串名字你根本不认识。

Geraldine 家的 David 说他们那嫁给了同姓的、唯一的女儿 Fianna 已经在伦敦买了房。今年出海玩时遭遇了风暴，险象环生，丢了几件衣服，几个手机；今年有几个项目，跟谁合作；他老两口现在澳大利亚和妹妹住在一起，还有主要的活动内容和范围。Geraldine 今年住了几次医院，血压、血糖是多少，饭量如何，读什么小说，几月几日回英国。Jane 说他小儿子已经从越南回国，未来的工作计划是什么，又添了个孙女长得多好看，今年的圣诞会做什么菜，和谁一起过……

我之前给他们写信，大部分内容会回忆我们曾经在一起的时光，顺便谈谈现状，肯定不会总结这一年自己写了几篇文章，出了什么书，仔细想想他们的做法才更合理。朋友之间彼此想知道的，不就是个人更细化的信息，仿佛自己也有所参与一样。说起计划性，这是英国人的长项。只要你问起他们的打算，往往都会从随身带着的包里摸出一本日记，认真查阅，然后说，明年几月几日几时几刻会在哪里，这一点绝没有夸张。

言归正传。午饭后我冒着大雨去了趟超市，给 Lida，Emma 和 Laura 分别买了礼物后如约去芹家聚会吃饺子。朋友芹，有着山东人的豪爽、厚道和热情，供职于中南部某一重点大学，来哈佛燕京做中国现代历史研究，选择的是他们学校的两年项目。现和上小学六年级的儿子租房子住，跟我只隔一条街，三分钟路程。为不耽误儿子参加小升初选拔考试，她下个月必须先送儿子回国，再回来继续剩下的四个月访学。另有泓和山东某高校、从化学专业转行拿到教育学博士、在哈佛半自费做高等教育研究的琴。琴的儿子在高考大省山东上高二，想让儿子和老公来过春节，但由于儿子面临升学，一天都耽误不起。可怜的中国学生！更可怜的是中国知识女性，身在国外，背负学业、事业，心牵孩子、家庭，这才叫真正的生命之重。

四人各自发挥自己特长，一餐中国式圣诞晚宴迅速上桌。我们举杯欢庆，好不热闹。滂沱大雨的声响透过窗户挤进来助兴，于是大家一致同意放弃去三一教堂参加礼拜，坐下来专心喝酒喝茶，聊天聊地，聊人生聊私密，聊孩子聊老公，忧国、忧民、忧地球永远是不变的主题。因芹和儿子第二天飞迈阿密旅游，泓要坐长途汽车去费城会友，10 点钟，筵席在不舍中结束，互送祝福，相约再见。我冒雨返回，才发现“我们家”门口，也装饰得这么“圣诞”，拍了照留念。

屋子里静悄悄的，Emma 刚洗完澡，Laure 还没下班，Lida 出外和 Paul 度平安夜。圣诞树下已经放了一圈包装精美的礼品，赶紧包好自己买的礼物，悄悄放在树下，等着明天早上他们起来发现惊喜。我洗漱完毕已是午夜 12 点，听着音乐盼睡眠。平安夜快乐！

Lida 一家的幸福圣诞

今天凌晨 1 点，Laure 才下班回到家，因她一般中午才起来，所以我提前告诉她礼品放在圣诞树下的右边，让她自己去拿。过一会她抱着一大盒巧克力和小丝巾上楼，激动得湿了眼圈，给我来了个大大的拥抱。可怜的姑娘！刚来美国不久，结识的朋友不多，心气挺高，性格又和同事合不来，经济很是拮据。这大概是她今年收的第一份礼物吧，看得出她很是感动，送人礼物真的比接受礼物更让人心暖。

9 点起床，窗外的大雨还没停，没有雪的波士顿的冬天并不常见。我下楼做早饭，看见 Lida 的前夫 Mike 坐在客厅沙发上，Lida 坐在对面的椅子上，两人一起看着 Emma 在兴奋地拆礼物，有说有笑，充满了爱和祥和。不管是论长相还是论年龄，Mike 看着都比今年 65 岁的 Paul 有优势。Lida 今天乘 11 点的飞机去华盛顿看望刚做过肺癌手术的母亲，所以 Mike 一早赶来一是给女儿送礼物，二是接女儿去他家过节。圣诞的早上，爸妈坐在沙发上，满脸慈祥，看着女儿一件件拆礼品盒，共同分享着她的惊喜。表面上看来和和美美的一家子，怎么就缘分耗尽劳燕分飞了呢？在这样的时辰、以这样的方式、在这样的气氛里聚在了一起，颇有些黑色幽默。不过，“子非鱼，安知鱼之乐”，愿上帝保佑他们各自幸福平安！

昨天早饭后我就看见Lida端出来一大篮子包装纸，抱着一个个礼物，才意识到毕竟同一屋檐下，大人也需要互送礼物，所以才冒雨赶着去了趟超市。要不今天显得多么不知礼节呀！Lida送了一块纯植物油香皂，一篮盆景，一个硕大的菠萝，一盒巧克力外加一个卡片。她急着赶飞机，还没来得及感谢她的这份心意。第一次在圣诞树下拿礼物，还得感谢从北欧驾着雪橇从烟囱里溜进来的Santa Clous（圣诞老人）呢！

外面下着雨，几位朋友都已外出，适逢假日，又没有紧急任务赶进度，早饭后上楼，我突然不知道要干什么了。我把午饭推到了下午2点，和刚起床的Laure聊了半个小时，上楼在网上搜来几部美国电影打发时间。

天慢慢放晴，下午竟看到久违的蓝天，此时一人出去玩稍微有点晚。晚上7点还替Lida喂了名字叫Nixie的猫。不得不佩服猫的嗅觉，打开冰箱拿出专供她吃的鱼罐头，还没开盖，就听她从二楼楼梯上窜下来的声音，一个箭步奔进厨房，站在我脚下，馋馋地看着我，满眼尽是期待。突然觉得，当一个人向别人有所祈求时，高高地仰着头，即使读得出被压低的尊严，也多少带着谄媚。

今晚我早点休息，补回这两天的觉，明天开始继续工作。2014年的圣诞，有只猫相伴，不算孤单。

一次华人圈的精英聚会

上午的时间用来读书，午饭后开始洗衣服。下午4点我去一位朋友家玩之前去了附近的CVS买礼物，差点犯下愚蠢的错误。超市里包装精美的巧克力写着买一送一，按照Star Market以往的规定，只买一件价格照样减半，所以买了盒巧克力直接走人。出门时顺便看了看发票，发现根本没有打折，折回去问，原来这种巧克力必须拿够两盒才算数。不知刚才那个收银员会笑我傻还是以为我是大款根本不在乎，明明可以同样的价格拿两件的，我只拿一件。结果并没有那么洒脱，还是回去要了一件回来，刚好送给晚上要去见面的朋友。

下午4点乘坐郑州大学医学院一位老师的车，走高速公路大约20多分钟去参加谭姐的好友——家住Woburn（沃本）的何家的party（聚会）。何是东北人，1990年来美国读书，毕业后留在了美国，专业是气象学，家有一个正在念大学的儿子。今晚去的是他们去年刚刚搬的家，里面装饰豪华，且所有家具等硬件设施高端得让我闻到了自己身上的乡土味。这些还不是最让我震惊的，他们家里家外空间大得不像话，外面可以停几十辆车，里面更是少见的宽敞。今晚去了11家，约30多人，都待在一楼还显得很稀疏。只知道何如今做的是与气象有关的工作，他的妻子是福建人，来美国读书时认识的，如今退休在家做专职太太。至于作为第一代移民怎样把生活过成眼下这样，不得而知，但20世纪90年代初就可以自费出国读书的人，家境想必和他们自己及家人的眼界一样，都不一般。这是一大见识。

另一见识是我到了之后才意识到的。参加聚会的人都是华人教会里一个团契的成员，年龄都在50岁左右，都是国内名牌大学的毕业生，都是八九十年代的精英，都是美国第一代移民，基本都是两个孩子，大多都是理工科出身，南方人居多，当下的生活都很舒适稳定。其中有五位男士如今又都回到国内各大城市，做医疗、器械和医药方面的生意。必须承认，基督徒的人品都没有问题，善良、宽容、大度、有爱心等，还可以继续加上很多好品质的词，但一想到国内目前医疗医药市场乱象丛生，他们是否对此难辞其咎？而且祖国培养他们多年，现在成了美国公民，却带着中国面孔回国挣钱，是不是有点……我总是小心眼，选择性地忽略他们同时也推动了中国市场经济的繁荣，也为医疗机构提供了技术和方便，也算是对祖国父老乡亲的回报。

言归正传，自助餐之后大家开始分享这一年来的收获和来年的打算，然后开始唱一些欢快的赞美诗。接着是自由活动，散聊。我和一个13岁长得很乖巧的小女孩聊天，她只能听懂一些常用的汉语口语，虽然是标准的中国面孔，满口纯正的英语总让我产生幻觉。她妈妈是20世纪80年代末毕业于西安交通大学计算机系的西安人，小女孩4岁时回去过，但现在对那里没一点印象。说到西安，她问是不是一个省，那里有什么特色，还说自己的理科是班上最好的（中国学生被公认为数学天才），但自己最喜欢的还是英语。不禁想，这些孩子们将来有一天，会不会感到无根的飘摇？一提到中国，他们的心里会否有种血脉的波澜？文化寻根是很多文学作品的主题，不知道这群孩子们未来的生活里，是否有这样的时间和意愿？

晚上11点聚会结束，回到住所已是凌晨1点。要不是宗教色彩太浓，今天的聚会堪称完美！

来美国四个月小结

今天的日志开头，特意加上了2014，算作对这一年的纪念。尽管还有三天，但还是忍不住加上年的标签，只为了与它永不可再续的缘。记得离年末还有40多天的时候，有人就在网上讨论怎样过。没有打开读过，选择逃避，不想跟时间过不去，在时间面前人永远是输家。人的生命在无奈的顺应中矛盾着，徘徊着，行进着。过多的回忆会伤感，过多的展望会心虚。处于尴尬的年龄，时间概念在心里变得越来越敏感。小时候常常在挂历上画着道道盼过年，如今却把这道线一天天地刻在心里，唯恐留不下任何痕迹。

来美国后，傍晚有时候会站在小屋的窗前，看着西山夕阳迟暮的美，感叹人到底能用什么来丈量时间。一页页撕去的日历，一天天写下的日记；个别老朋友的离散，更多新朋友的欢聚；手边一本本泛黄的旧书，网络上一年一度的新词；越来越灰白的头发，越来越陌生的称谓……这样的疑问可以一直持续，于是就在这些疑问里，人遗失了时间，也被时间遗弃。

来美国整四个月了，除了多长了几斤不值钱的赘肉，好像拿不出任何实际的成就。周围不再有那么多的新鲜，生活不再毫无逻辑地忙乱，买东西时心里不再偷偷拿人民币换算美元，逢中国人不再都当成知己，遇美国人不再都觉得了不起；知道本性难移，不再公开秀宏图大志，了解现实与梦想的差距，不再盲目夸张的乐观；大多时候，忙里偷闲看书、学习、做笔记，和朋友们一起聊天游玩成了生活的关键。知道这种对时间的放纵将来没准会后悔，但到目前为止还不打算改变。据说在异国他乡生活，重在体验，愿意继续实践。

午饭我做了盘可乐鸡翅，颜色还可以，味道实在大失所望，只想倒掉。看来我的悟性和能力，不太适合尝试新东西，估计这是最后一次在美国做鸡翅了。

下午5点多Ruth打电话说她正在从老家回波士顿的路上，问要不要顺便接我去她家玩。6点45分我下楼出门。圣诞已过，各家各户门口的装饰依旧，彩灯闪烁，小鹿在雀跃，圣诞老人还在夜色里坚持着。我们聊天喝茶直到9点半，分享节日的活动，传递节日的喜庆，描画来年的远景。知道Ruth驾了三个半小时的车会很疲劳，所以没再久留。返回的路上Ruth打了几个哈欠，开玩笑说她一人开车回去时可别睡着，我建议她可以开点窗户保持头脑冷静。善良的她直到看我走进门才掉头离开，一直在想，俗人是因为善良才成为基督徒，还是因为成了基督徒才变得善良，他们热诚待人的无私无悔无怨，莫非真是耶稣基督的真传。和她同住的美国女孩名叫Liz，六月份刚拿到哈佛心理学博士学位。对她来说，找一份收入高、环境舒服的工作不是问题，但她却在忙着申请明年去巴基斯坦工作，帮助那里备受恐怖分子袭击的平民，用一己善行把世俗眼里的糊涂和天真，诠释成一种超越平凡的基督的智慧和博爱。这是傻吗？或许真正傻的是自以为是的俗民——我们。

倾听 Laure 的诉说

曾经以为只有开封冬天的风会怒吼，没想到波士顿的风也会狂啸。因为租住的 house（房子）位于十字路口的东南角，西北方向不远处那座山也不高，所以每当大风吹过，都能感觉到小屋在微微晃动。说今天早上自己几乎是被震醒的，一点不夸张。房东说这里的房子是木质整体结构，房子晃动也还算正常。只是担心某天真的地震了，已经被晃习惯了的我，还能不能警觉。昨天的大雨，今天的狂风，此时的天气“Fair，Windy，feels like -12 ℃”（转晴、大风、体感温度 -12 ℃），明天 cloudy（多云），最低温度 -10 ℃，看来冬天真的来了。

下午 2 点，Laure 刚刚起床，又哭着敲我的门，说她昨天手机坏了没能设定闹钟，因担心睡过，紧张得只睡了两个小时，实在撑不下去了，想请假又怕扣工资或被辞退、没钱交房租，问我什么地方可以看医生，以便拿着医生证明名正言顺地请假休息两天。刚好手边有朋友 Ruth 上次提供的距离我们最近的一家诊所地址，于是给了她。她又说没时间去，开始抱怨她上班的实验室用不上她的智商，但又找不到更合适的去向。她说上班的时间全是老板说了算，没有规律，没有任何参加社交活动的机会；还说实验室的人都被老板套住无法跳槽，因为大部分员工都是新移民、家境不好或没有身份，老板对他们很苛刻，每小时 8 美元酬劳。一旦发现谁想跳槽，老板会有意安排他下午 3 点到晚上 12 点值班。她已经连着两个星期这个时间点上班了，几乎没有时间申请新的工作，更没有去别的公司参加面试的机会和时间。她说自己到了人生的谷底，不知该怎样走下去。除了安慰她“明天的太阳照样升起”“既然是谷底，以后就只会向上”之类的话，还建议她去找 Lida，毕竟她是知识女性，人又不错，肯定比我俩有经验，看看能否给她以指点。Laure 直摇头说不好，她担心 Lida 知道自己的窘境后没准会赶走她……

知道 Laure 找我就想吐苦水，也不是真的查问信息，但确实觉得她好可怜。看着她每天忙生存、忙生活，感觉自己在读一本现实主义的小说。而在一般的小说里，女主角的命运不外乎两种，一是没有翅膀，却总想飞翔；二是不愿瓦全，所以玉碎。也许 Laure 属于前者，也希望她属于前者。她显然高估了自己的学识才华，用莫言的话说，她的才华不足以撑起她的梦想，满口袋的文凭换不来一份如意的饭碗。可她自己不清楚或不愿意清楚，所以路越走越窄，终于到了山穷水尽，但依然不肯回头。34 岁的单身女性，至今没有一份固定工作，生活还在漂泊，又有哪个伯乐能够一眼看出她的能力和潜力而忽略她自身的问题。

不希望 Laure 属于后者，更担心 Laure 会成为后者。她对目前的生活状态不满意，她看不到明日的曙光，她更没有退路可走。按她的话讲，加拿大是她逃出来的地方，法国有她不愿回去的家。Laure 很不幸地、实实在在地掉进了生活的夹缝里。有时看到她说话时眼泪止不住地流，手不住地在抖，真担心将来有一天她的精神会崩溃。说起来 Laure 的故事更像个现当代童话，好在世上的童话都有个 happy ending（圆满结尾）。那就祈祷 Laure 2015 年时来运转，生活过得不这么艰难。毕竟，她笑起来很美很甜。

黄昏时分，还是没能抵住夕阳西下的唯美，拍了几张照片，留作纪念。

访学生活的租房难

今天的天气，用几个字很难概括。清早起来阳光高照，白茫茫的房顶、白花花的路面，四周都因冷而安静了许多。我一直低头用功，下午1点多被风声惊动，抬头看窗外，已有雪在风中狂舞。2点多下楼做饭、吃饭，回来后又见晴天一片。黄昏将至时，乌云提前接走了太阳，天色迅速阴暗，明日注定不会是好天。

Lida也提醒明天大降温（–19 ℃），Belmont教育局刚刚通知各个学生家长，以电话、信息方式提醒学生们明天出门多穿衣，戴上帽子和手套，并解释今天晚上学校暖气全开，保持恒温，以便孩子们明早到校后不会冻着，并说校车会正常准时接送学生们上下学。如果家长不放心，可以让孩子留在家里。这种人性关怀的温暖，大概会赶走不少自然的严寒。想一想国内不管秋冬春夏，寒风雨雪，四季里起早贪黑的除了环卫工，就是背着沉重的书包匆忙赶路的学生们的身影。一方面，感叹美国的人性关怀的深度；另一方面，担心国内教育制度的不完善。身为“草民”一枚，以后尽量少谈国忧，还是担心明天怎么冒着 -19 ℃的严寒，去拿回别人捎来的东西吧。路上来回需要两个多小时，尽管公交车内暖气很足，但一想到下车前后那一段路程，心里还是胆怯。

午饭前我完成了今日的任务，心里轻松了许多，单曲循环听着的是许巍的《蓝莲花》，这是一首突破表面平静，唱出心中狂野的歌，适合一人驾车飞奔在看不到天际的小路上时放大音量，而且一定要在“大漠孤烟直，长河落日圆”的时刻。含蓄的歌词配上空灵的旋律，碰撞出一种走遍万水千山后的决绝和漠然。这是一首让灵魂飞扬的歌，在幽闭的环境里听，心会爆炸！

晚上不知不觉中我又成了垃圾桶。朋友泓说，实在受不了了！本来就产生过摩擦的同屋的男士徐，竟问她是否之前借过他女儿的床单没有还。生性高傲的泓差点气哭，说我怎么可能借她的床单？嚷着问我怎么在网上发帖，说宁愿赔钱也要给现住的房子找个后续者，然后自己尽快搬离（之前签订了合约）。还没听完泓的怒吼，上海的蓉就发来闪着泪花的表情符号，问我有没有租房信息，说想搬家。她还用了“二房”“三房”，让我忍不住笑出了声。迅疾回应“要找咱就找‘正房’，免得再受窝囊气！”上次岁末聚会的时候蓉对自己的住所还挺满意，这会儿又怎么了？原来昨晚她和同屋的中国女学生吵架了，说房间隔音太差，说女孩心理不正常，她必须马上搬家。刚好 Ruth 前两天还问过我，住在她家的女孩马上回国，问我愿不愿搬到她那里，就暂且把房源信息给蓉，好让她放心。理解她们此时的心情，因为自己刚来时也曾遭遇过找房的焦虑。没有搬过家的访学生活不算出国访学的说法，不是没有道理。

其实，朋友们遇到的问题也不难理解。也许她们自己也明白，到了眼下这样的年龄、学识、学位和职称，哪一个不曾是一贯特立独行，自由随性，在没有多少私人空间的环境里生活，别人的一举一动都可能变成自己眼中的不满和看不惯，冲突成了自然。亲爱的，让一让，示点弱又能怎样？

朋友们的烦心事完全打乱了今晚的计划，恍惚间感觉自己成了前些年电视剧里的“闲人马大姐”，为别人家的鸡毛蒜皮忙得上蹿下跳。但也暗自庆幸，房东 Lida 知性大方，聪明豁达；Laure 性情有些古怪，但把我当“知己”，每遇烦心事，都敲门进来坐在地上诉苦，不难相处。平日里大家各自忙碌，相安无事。偶尔碰在一起，有说有笑有关照，融洽得像一家人。感谢缘分的同时，也希望泓和蓉能早日找到理想房源，让访学生活过得心安一些。

寒冬取药记

上午 10 点，Lida 发短信说天冷，要不要帮我从超市代买东西，尽管今天必须出门，还是给她回了短信让她代买牛奶和鸡蛋回来，这样我可以省点力气从超市往回背。其实她每次下班回来只要去超市都会发短信问要不要捎东西，只是她回来说价钱时只说整数，从来不提后面的零头（美国的超市大多数价格零头都是 49 或 99），所以平时尽量不麻烦她。

12 点整我没吃饭就出发去 Longwood（朗沃德）找人拿回国内捎来的药。有昨天天气预报的提醒，穿上了能套挂在身上的所有衣服出门，所有的路面上都撒上了白色的防滑盐，在阳光下发出刺眼的白光。第一次经历 -20 ℃的气温，感觉呼吸都需要特别用力，后背冻得像没穿棉袄，脚趾完全没知觉，就剩下脚掌。拿出手机 Google（搜索）方向，两分钟不到就冻得自动关机。走在人迹稀少的路上，有种提着命去赎命的感觉。还好今天等车时间不算长，顺利见到了从成都华西医学院来访学的蒲医生。他在 Brigham

& Women's hospital（布列根和妇女医院）访学，七月底来哈佛，一个月前偷偷跑回家看老婆孩子，周二刚从国内返回，顺便带了些常备药给我。在医院一楼大厅等他，环视了这里的环境。不想和国内的医院做比较，因为不懂这里的医疗制度详情，不妄作评论。

3 点半我回到住所，一个下午就这样在路上消磨了！没有车岂止不方便，实在是浪费时间。当你来回花三个小时在公交车上颠簸，什么正事也不能做的时候，别人却只用 40 分钟搞定，然后已经静下心来忙正事了，这是什么样的差别？表面看起来只是几个小时的事，但纵横推理，直接关系到生活的质量、结果和意义。有时候人和人的距离竟是时间！

师生情，姐妹谊

一上午大雪飞舞，我整理完屋子打开台灯，安闲地坐在书桌前，和几个已经毕业的学生聊天。机缘巧合，扎堆在了一起。结束后一片安静，怅然若失，望着窗外的飞雪，一时不知做什么好。

羡慕她们年轻有活力，羡慕她们前面似乎看不到边的时间，羡慕她们还可以不断筑梦，羡慕她们的未来还有无数的可能……喜欢她们节假日发来的问候，喜欢她们在网上秀的小幸福，喜欢她们偶尔泛起的小想法、大思想，喜欢她们一个个可爱的模样……有时候也担心。担心她们看不到或不愿看外面的世界和大舞台，担心她们不思奋进、安于平庸，担心她们在生活的十字路口选错了方向，担心她们被生活的琐碎淹没、忘了自己，更担心她们为了生存还需辛苦打拼……

所以每次聊天，都“职业病”严重泛滥，明知道她们的学识、经历、涵养早已和自己不相上下，还是神经质地提醒她们多看书，鼓励她们向高处和远方看，给她们一些自以为是的指指点点，有时还武断加极端地把自己偏爱的书目推荐给她们，唯恐她们享受不到自己从中得到的愉悦……hopeless（不可救药）！

不知什么时候起，学生已经成为我生活中的一部分，对她们的关注和喜欢真的占据了我一定的情感空间，对她们的期望有时也会内化为一种自我鞭策和鼓励。毕竟你期望别人达到的高度，一定是自己向往过、追求过、至少尝试过的目标。做个老师，就是这么“任性”！

中午时分，窗外阳光璀璨，碧蓝的天空把地上的雪景映得分外清爽晶莹。我忍不住走出门外，在常去的草坪上转了一圈，用手机“搬”回来一堆美美的照片独自欣赏。坦荡荡的雪地里铺着蓝天的娇，蓝莹莹的天上映着雪的媚，相互衬托，互为妖娆。好一个明朗剔透的世界！就是眼睛有点受不了。

好友霓是来美后认识的最投缘的朋友之一，下周三她要先转道西雅图再回国。午饭后朋友圈里商量着明天给她送行聚会的时间和场所。包饺子肯定少不了，在网上大呼小叫、你来我往地商量，落实案板、擀面杖和各种相关食材，不知不觉过了两个小时，一切搞定，只等明天包着饺子、带着不舍给霓送行了。

周五的晚上，不看书、不学习天经地义。跟女儿聊天，从油盐酱醋跳到生存生活。必须承认，她的人生观里有我理解不透的东西，但有道理。她的价值观里有我想要否定的内容，等着时间去验证。我在遭遇着不服气，但也确实跨不过的代沟。

晚上去朋友芹家小坐，芹本月 26 日送儿子回国，想把自己的一套房租出去，泓和蓉分别遭遇麻烦想找房源。因而以此为由小聚，吃了顿正宗的中国面条，同时也真正理解了祥林嫂逢人就讲“狼”的故事，并不是鲁迅的臆想。两位大教授，在国内各自的学术圈里也算得上人物了，怎么就在房子的问题上走不出来呢？清高是知识分子的通病，两个人就这么可爱地倔强着，一遍又一遍地讲自己的“血泪史”，一副受欺负的委屈相。我的可爱的闺蜜们！

晚上 9 点半我回家，星星在晴朗的夜空眨着眼睛，没有了月亮，它们照样努力地活出自己的样子，发着自己的光！

红火热闹的饯别宴

上午10点半我出发，去在燕京学社访学的张大师家集合，为共同的好友霓送行。称张某为大师一点也不为过，他是典型的西北人，和他极好的人品并置的是他辉煌的学术成果。张做敦煌文化研究，出版的专著、译著几十本，每年在全球各地东西南北地被请去讲学，精通日语和英语，是我们这帮人中唯一的合作访学人员，即被燕京学社教授诚请过来一起做课题研究，据说每月薪金5000美元，还提供住宿一套，是微信圈子里的真土豪。因为仇富，所以选择他的住所成了理所当然的事。

11点整大家纷纷到场，带酒带馅儿带调料，带菜带糕点带擀面杖，各样食材齐备，来不及喝完韩国的香茶，就开始动工包饺子了。摘菜洗菜做菜，和面调馅儿，分工明确，实在插不上手的，负责端茶倒水放音乐，于是把一顿简单的饺子宴硬生生地搞成了某种隆重典礼式的大喜庆。

尽管主题是饯行送别，但话题早已飞跃天南地北，什么法国的红场、荷兰的夜总会，日本的媳妇儿、中国的汉，英国的物价、美国人的工资，黑人被枪杀，上海令人心痛的踩踏，还有各国的宗教和文化……当然少不了说说各自来美国后的糗事，还有暂且忘了教授身份的互相调侃和挤兑。下午 1 点半饺子上桌，共同举杯，一为朋友的回国送去祝福；二祝我们的圈子坚如磐石，永远不散；三祝远方的家人朋友健康平安。这一顿饺子送别宴，延续到了下午 4 点，这才想起了照合影，一张照片无法把大家全部囊括，所以轮流换着当摄影师，每一张里都有缺憾，要想齐全，得集合六张照片。一阵排列组合后，照片的事搞定。因特殊原因，约好不发微信朋友圈，自娱自乐自欣赏。

我们喝茶聊天至晚上 8 点，宴席在欢乐中结束。约定回国后每年相约内地聚、出国游；约定波士顿再下雪，一起来这里吃火锅。晚上 9 点左右，在哈佛广场说再见，各自回到住所互报平安。尽管有言在先，不在另一个更大的圈子上秀照片，但是霓带头先破规矩，接着大家纷纷出手分享。谁让这次聚会有那么多掩藏不住的欢乐，谁又不想定格美食、留住友情。

作为群主，刚好也将会是最后一位离开美国的我，送别朋友回到住所，颇有一种林黛玉式的“侬今送人人笑痴，他年送侬知是谁”的失落。

英语达人为姐妹解难

天像有意捉弄人似的，昨天一整天小雨、中雨转大雨，害得我们坐车几个小时到了海边，都没法出去看海，今日却晴空万里无云，天蓝得都有点刺眼。好一个夜雨染成天水碧，无须姿态，也能成就惊鸿。

上午起床，我第一件事是找银行卡，翻箱倒柜掏衣袋，就剩下掀桌、掀床、掀地板了，气喘吁吁坐下来休息，再次拿出钱包，一毫米一毫米地找，在钥匙串后面的夹层里找到了。这才想起来年前在 ATM 机取钱交房租后，担心放在钥匙串旁边的夹层里开门时会掉出来，于是在钱包里扒拉出了一个自以为安全的地方，昨天两个人检查竟然都没发现。这样的本事和能力，这辈子倒省得藏私房钱了。

我看了一会儿书，补了昨天落下的日志。上午 11 点被泓叫走，替她跟中介谈找房子寄住者的事。泓和霓的英语水平不相上下，读写不成问题，听说都有点差。泓还有个恼人的习惯，看见任何英语文字或邮件，都卖力地一个字一个字地翻译成对应的汉语并发声讲出来。提醒过她多少次，碰到英语段落，理解其中的意思就行，用不着磕磕巴巴地找与汉语对应的字词。她顽固地改不了，每次听她吭哧吭哧地在英语里找汉语，都想骂她。

下午2点心血来潮，想吃手擀面条，于是和面择菜，擀面炒卤，一个人忙得不亦乐乎。好不容易下锅上桌，满意之余拍照留念，忙乎了半天正准备开吃时，泓又发来微信语音请求帮助，说她正在哈佛广场的T-Mobile店换手机号，怎么也说不清要哪种服务，让我给店员描述。好端端的一盘正宗陕西手擀面，被她的一通微信语音给搅乱了，吃的时候已经微凉，尽管味道还在，胃口却没了。总之，对于今天面条的质量，自我感觉良好，应该对得起陕西人做面吃面的本分。

下午2点半，感受着太阳光照在床上的舒服和暖和，听着音乐，睡了中断了半个多月的午觉。

晚上我一边整理了从图书馆借来的书，明天去还，一边在网上查阅了明天要借阅的新书。近一段时间杂事太多，荒废了正业，明天开始修正作息时间，回归正常的学习生活。

访学者的租房经

早上醒来打开窗，又一个阴天。外面的房屋和马路都变成了灰白色，昨晚有小雪光临，来去匆匆，只留下薄薄的一层。今天我起床、午休的时间还算正常。借的书期限临近，才发现有几本需要细读，于是埋头大半天，在书中贪婪索取，小有收获，换来颈椎僵硬、疼痛的代价。

下午4点出门，陪泓去看房源，还是在Belmont地区，走路十多分钟就到了。Google（搜索）好地图，七拐八拐，经过一所学校和教堂，快到目的地了，她才发现忘了记门牌号。我站在雪地里冒充她打电话，原来就站在房东家的大门口。从后门绕进去，开门的是一个美国中年男子，他是二房东，在这里住了14年。这所house（房子）临着大路，有一个五六平方米大的厨房，没有客厅，三个卧房。同屋住着一个没见面的四十多岁的韩国女性，职业口译。出租的房间有七八平方米，两个大窗户，家具齐全。房屋租金每月600美元，还包水、电、煤气、暖气，网费分摊，一个月大约25美元，比泓现在什么都不包还750美元的房费便宜多了。唯一的缺陷是整个房子空间偏小，交通稍有不便。细心的泓询问了各种稀奇古怪的细节问题，就剩下没有问人家是否结婚，有孩子没，工资多少了！可算充分利用了我这个免费的翻译，这才罢休。泓有点动心，但她现在的问题是先给自己现住的房间找个后继者，否则搬出来不仅违反合同，还得损失之前交的押金750美元。

如果以访学为题写部小说，光租房一项就该占去最长的一章，取“辛酸泪或血泪史”一类的名字都不算夸张。出状况的往往是中国人民内部矛盾，一般都是跟自己的同胞过不去，有摩擦。

拿刚刚离开的霓为例。她的房东（二房东）是位四十多岁的中国女同胞梅，已有绿卡，不清楚在美国多少年，有个儿子在上高中，她在哈佛大学的医学院的一个实验室工作，丈夫的工作在国内，一年四季只在过春节时才会来。听起来是份很体面的工作，但从生活的细节来看，显然压力不小。在美国上大学同样是笔不小的花销，通常情况是每学年五万美金左右。梅为了给儿子攒学费，表现出有点变态的节俭。大冬天不让开暖气，自己在家宁愿穿着羽绒衣；厌烦霓每天洗澡，说自己一星期才洗一次；经常贴纸条告诫她随时、随手关灯，唯恐费电；时不时还会在霓洗澡的时候用力敲门，提醒她时间太长，有时候干脆拉闸停电。最后一次闹僵，梅干脆把热水、冷水都停了，所以朋友霓在只剩最后一个月的时候愤然搬走，但梅不总是这样凶巴巴的，她每次开车去买菜都会叫上霓同行，甚至有时霓外出，她还会开车去送她。情绪的反复无常多少来自生活的压力，除了情感和年龄。霓说自己这一年是在和房东的斗智斗勇中度过的，她曾多次找好房子想搬走，却都被房东梅留了下来。好在霓是个有智慧、有能力，懂得进退、软硬通吃的聪明人，她才不会因房东的古怪言行影响到自己的心态，这一年倒也过得风生水起，喜气洋洋。泓要是能有霓的韧劲和机智，就不用这么费心找房子了。租房成了国外访学者无法安居的最大障碍。

下午5点半看完房子往回走，淡黄的路灯下零零星星地飘着小雪花。我刻意停下来听落雪，体会那份传说中的浪漫。雪小禅写过，“听雪，也是听心。听雪的刹那，心里定会开出一朵清幽的莲花”。可惜自己迟钝或是雪花太小，又或是心不够宁静。耳边只有踏雪的脚步声，在黄昏里，回荡出一个人的寂寞。

办理免费医疗保险

上午9点20分出发，我和朋友约好去剑桥医院办理免费医疗保险。穿校园而过，10点半赶到医院排队，登记时已经是11点。一位中年女性工作人员（暂且称她为B），看见我们三个，以为我们是一家人一起办保险的，怕耽误她午饭时间，先是强烈建议我们回去在网上自行办理，说这种手续办理起来很费时间，可能需要三个小时。我们坚持说自己专门调整了日程表，专程来此希望现场办理。B没有办法，只好让我们先登记上名字，在外面的沙发上等，说可能要等到下午1点。没怎么在意，以为这是正常的程序，但坐在沙发上却发现后面排队的人还在继续办理，我们分明受到了歧视！和上海的蓉一起走到服务台，质疑为什么我们来得早却要等到下午，这明摆着不公平。服务台的工作人员说自己不是很清楚，跑去问缘由，回来解释说，我们的前面还有人正在办理，也有人像我们一样在等待。似乎有道理，我们又回到大厅，坐在一群美国人之中，等待叫号。这时还不到12点，可是根本没看到有叫号的出来。还是觉得不正常，这一次我们有意派不太会说英语的泓，再次去信息台询问，说我们等了这么久了，根本没人叫号，纯粹是在浪费我们的时间。刚换班的信息台工作人员也说不清楚，又跑去询问 B，这显然出乎 B 所料，尽管她已经明白我们看穿了她的丑陋行为，但依然坚持解释我们前面还有人，如果赶时间可以回家自己在网上办理。我们一边等，一边时不时故意跑到 B 那里查看她继续帮别人办理手续，一是想给她一定的压力，二是想证明我们识破了她的谎言。直到 12 点正常吃饭时间，我们三人才去外面的一家印度餐厅匆匆吃了顿午餐，1 点准时又回到大厅等，这时 B 已经下班回家了。另一位工作人员开始叫号办理，结果三人用了不到半个小时就完成所有手续。

过程有点烦琐，结果还算如愿，2 点顺利办完，一个月内医保卡直接邮寄到家，以后有个头疼脑热的小病，就可以免费享受医疗服务。当然，最理想的是不吃这种免费的午餐。

下午 3 点半我回到家，继续整理行李，5 点半和 D 在网上说了西雅图见。

全家团聚西雅图

就算是矫情吧！早上5点20我就醒来了。那一刻，D在中国领空的飞机上，我的女儿应该还在梦中（和波士顿三个小时时差），一家人要横穿半个地球，在平均分别12个月后，在美国西部城市——西雅图再相聚。

我上午7点半出发，坐出租到机场只用了30分钟。又用了半个小时check in（登记），8点半已经到C航站楼C-31登机口等待了。房东Lida和室友Laure几乎同一时间发来短信道别并送来祝福。

我上午9点半登机，10点正式起飞，飞行时间六个小时，下午1点20分到达西雅图国际机场，中间有三个小时的时差，怎么算都觉得自己今天多活了三个小时。

美国国内的航班上，没有食物，只供应咖啡、果汁、纯净水。中途看了一会儿书、两部电影，时间过得不快不慢。

飞机准点到达，在熙熙攘攘的人群里，从远处就认出了女儿。一年半，这是我们分别最长的时间。而此时D乘坐的航班也已经到达，应该还在海关，一刻钟不到，电话铃声响起，取行李的转盘处，站着一位熟悉的身影。一家人幸福拥抱，消解了之前所有的挂念。

下午 5 点坐出租车回女儿住的公寓。天下着小雨，草坪依然很绿，不远处能看到海水的粼粼波光。这里的气温比波士顿高出十几度，哈佛的四位朋友发微信问候的同时，也发来羡慕的表情，说波士顿本周末会有特别厚的暴风雪。直接“鄙视”她们这帮人的“嫉妒”，直接回复“吉人自有天相”，不相信？不由你。

女儿住的是一小套公寓，不管是面积大小、空间布置，还是物资储备，都把我在哈佛的生活比得像乞丐一样。坐在沙发上喝茶，看着女儿和 D 在厨房忙碌，不一会儿四菜一汤上桌，D 表现出掩饰不住的满足。然而对于女儿这种爱的反哺，我倒心生一种不甘不愿不服气的凄凄然。

女儿没有什么大的变化，心智的成熟表现在各个方面。D 一人生活，把自己照顾得不差。晚饭后的闲聊，仿佛又回到从前的生活，尽管只有三人，依旧拉帮结派，用风趣、幽默加讥讽的语言相互吐槽，替代久别重逢后细碎的絮絮叨叨。一家人美国短暂生活的第一晚，过得风生水起，快乐冲天。

诚然，书籍、电影、音乐、旅游，可以丰富一个人的孤独生活，但只有亲情才可以丰盈人的生命。而所谓的亲情，大概就是在某一寒冷的冬日，愿意穿越身边茫茫人海，趟过千万程的沧海桑田，在地球的某个角落团聚，把期盼幻化为欣然，让等待成为一种倔强的心甘情愿。

初来乍到，搞清时间成了问题。我更关心波士顿是几点，而 D 在追问国内的时间。顺应时差成了 D 暂时的任务，这样半夜三更不至于喊着肚子饿，在大白天也不会哈欠连天。

静美的天伦之乐

早上5点半醒来打开微信，国内和波士顿的朋友同时发来信息分享雪景。开封下了今冬的第一场雪，波士顿则遭遇今年最大的暴风雪。记不清已经多久没有在落雪的天气里散步了，来西雅图之前，一直期待一场大雪，看落雪把世界覆盖成一色的景象；听落雪簌簌，体会“天使降临”的声响，而今天西雅图十四五度的气温，也只能在脑中想象雪花了。

早上8点，D轻手轻脚起床去厨房做早餐。我把女儿唤进屋躺在身边，东一句西一句地聊着天。系着围裙的D不记得几个英语词汇，时不时进来询问哪个是开关，怎样开大小火，哪一个是盐罐儿，被我们娘儿俩讥笑为“没文化，太可怕”。半个小时左右，厨房里飘来的葱油饼的味道，逼着我们自觉起床。

早饭过后，女儿在做作业，我和D一起去附近的中国城购物。步行五六分钟，就可以看到沿街两边有好几个中国餐馆。走进一家比较大的中国超市，扑面而来一股浓浓的中国味！音响里放着黄梅戏，满眼中国面孔的顾客，中国特有的油盐酱醋茶，耳边的汉语交流声，堆在门口的一袋袋大米，蔬菜架上熟悉的萝卜、白菜等蔬菜，还有海鲜柜台内熏人的腥味……没看到美国超市里长长的面包架，门口也没有诸多品种颜色的鲜花，也少见标有 organic（有机）的食品……商品总体价位比波士顿的 Star market 能便宜三分之一。一分价钱一分货，这是市场的永恒规律，不知道这些做生意的同胞，用什么路径，从哪里搞来这么便宜的商品。价格确实挺便宜，但不由得对质量有所怀疑。花费不到 50 美元，买了韭菜、豆腐、大龙虾等三大袋食品返回。

早饭吃得太晚，午饭没做正餐，蒸了 1 千克多重的龙虾，外加水果和茶。下午 3 点多开始包饺子，吃到 5 点。韭菜大肉馅儿，镇江的陈醋，陕西辣椒面，又一次吃出家的味道。我们暂时取消了晚饭后去酒吧的计划，一家人去西雅图大学校区和操场散步。天空的蓝看不到，但能看见一团团白云从头顶匆匆飘过，海风吹在脸上只有凉意没有冷，让身上的棉袄稍显多余。

和哈佛大学相比，顺山势而建的楼群是西雅图大学的特色。如果说哈佛大学是端庄的凤凰，建于 1891 年的西雅图大学则更像一只伶俐秀气的小鸟，栖于一棵良木，知道自己身体小，但从不忘记歌唱。

一个小时后回来，边喝茶边聊起女儿小时候的很多事，养过的各种宠物，半途而废的各种才艺，穿过的某件华丽丽的衣服，儿时的许多小玩伴儿，家里的布置，学校的环境……女儿 22 年的成长经历，浓缩在客厅柔和灯光下的一言一谈里，最感叹的是时间。

所谓的天伦之乐，就是和孩子在一起，无须多么亲密的举动，无须甜言蜜语，只要在同一屋檐安然地待着、浅浅地聊着，就能觉出生命的踏实、生活的静美。

为女儿同学过生日

上周女儿在网上晒了一张 D 做的油泼面的照片，引来她的好朋友们纷纷点赞，随后她的朋友们毫不客气地提出品尝要求。孩子们在国外吃腻了西餐，越是家常便饭他们越喜欢。来自北京的牛牛姑娘是女儿上本科时的同学，适逢今天过生日，第一个被请来吃午饭。女儿一大早冒雨出去买来一个小蛋糕，还临时改变主意买了肉馅、韭菜，说包饺子气氛更好，面条以后再说。

中午 11 点开始准备，1 点饺子上桌。三个包有樱桃干的幸运饺子之一，被今天的小寿星牛牛最先吃到，其余两个不知被谁囫囵吞“饺”，直到最后也没寻到踪迹，就算大家都幸运吧。饭后才开始点蜡烛、许愿、吃蛋糕，共同祝愿牛牛生日快乐，一生健康平安。之后几个人你一口我一口地一边吃着蛋糕，一边聊着各自的学习、工作、前景、习惯、兴趣、爱好。聊到激动处手舞足蹈，好不热闹。单纯中有深刻，幼稚里有深沉。坐在一旁静听，回忆寻找几十年前自己的身影。

还是她们这样岁数的时候，我刚从闭塞的小镇摸爬滚打出来不久，目光如豆，四年的大学生活，太多地关注 26 个字母的排列组合，无暇顾及语言背后的文化哲学和思想内核，也没人指点读什么样的书，如何更快地积淀拓宽知识，只守着语言做梦，注定难以登高、领略独特风景。毕业后，只身到一座完全陌生的小城讨生活，小心翼翼地生存，踏踏实实地工作。守着三尺讲台当事业，围着张办公桌自娱自乐。只顾百分百地贴近人间烟火，在油盐酱醋茶里蹉跎着岁月，天地小得连梦都不会做。在青春这本书里，读到的是残缺。

如今二十多岁的她们，见多识广，正是青春韶华，却知道站在校园的一米阳光处，观望人间冷暖，感叹世态炎凉。谈起各自的未来，踌躇满志中也有迷惘，但总有一个个梦想。他们“90 后”，既没有经历过大的社会政治历史动荡，也没有经济波动的冲击，思想活跃爱新潮，遇事坦然淡定，务实理性，自信也脆弱，敏感而自视甚高，这一切共同促成她们新奇的行事原则和具有叛逆意义的“三观”（世界观、人生观、价值观），祝愿她们的未来将会有更多色彩。

下午 5 点多牛牛回了住所。周六的晚上是女儿留给自己唯一不看书、不做作业的时间，聊天到 12 点。

计划出游旧金山

周日的早上起床较晚，早饭之后就开始准备午饭，下午洗衣服、打点行李，明天就开始加州八日自助游了。没有报旅游团，在网上订好机票、宾馆，在网上来来回回地熟悉旅游线路和街景，以免出错。根据女儿的建议，还特意下载了 yelp，方便出行。yelp 是一家美国最大的商户点评网，成立于 2004 年，2012 年已成功上市。本网站囊括各种餐馆、酒店、剧院、购物中心等，来自于客户给商户的大量详尽客观的点评，极大地满足了人们对各种信息的需求，尤其适应在异地旅游的食客。打开 yelp 主页注册成功，它会根据你所处的位置，提供周围距离最近、最有特色的小吃和饭馆，具体线路、饭菜价位、营业时间等样样俱全。感谢现代科技和人类智能，可以把凡人想不到的东西做到完美。

晚上 7 点女儿才从学校忙完回来，细心查看我们的行李，交代再三，出门在外如何注意安全，一定要吃好睡好，别舍不得花钱。被女儿这样关心，如此的情感逆转除了幸福感，还有点不习惯，怎么觉得已经是龙钟老太，需要买根龙头拐棍吗？

我订了明天中午 11 点 55 的机票，预计 9 点半从家出发。晚上比平日休息时间提前，一觉醒来将近午夜 12 点了，女儿还在客厅做作业复习功课，下周就是期中考试了，祝愿她如愿以偿。

新的学习计划

我起床较晚，早饭后改了一会儿论文已是正午时间，天又阴又冷，下午开始飘起了雪花。查看下周哈佛的学术活动和课程，导师的课周一、周三、周五都有，很高兴终于可以听大师级的课程，满怀期待的同时也很有压力，不是因为课程内容，而是因为有了时间感和任务感，而且一旦开始又不好意思轻易缺课，学习变成了被动和某种强迫，心里多少会有点逆反。这一段时间懒散成了习惯，明天开始要赶着点去听课，还真有点不适应的紧张和窘迫。

荒废了不少在哈佛的时光，下周开始该穷追猛打了，3 月 14 日到 22 日又是学校放春假，而 5 月下旬开始放暑假，真正在校学习的时间不到两个月。珍惜！

窗外的雪越下越大，已经积了六厘米多厚了，还没有停的意思。这是老天成心想让我见识波士顿的冬季吧！

充实平静的海外元宵节

早上起来开手机，微信朋友圈里四处传播的都是元宵，随即在桌上摆上盘子、刀、叉，拍了张祈祷元宵为主题的照片取乐，感谢圈内好心人送来的各种“味道”的元宵和祝愿！还真期盼将来有一天人的智能可以突围三维空间，但凡能在视频里看见的东西，只要愿意，输入密码就可以取出，尤其是饭菜，至少也能闻到味道。

去一趟中国城，又是公交又是地铁的，出行很不方便，再加上天气又阴又冷，今天还没课。当然没吃上汤圆，好在对甜食本来也不怎么感兴趣，更何况元宵节的主题是“闹”，人和影子是怎么也闹不起来的……

上海的蓉年前终于搬离她那个是非之地，住在距离泓和我都不远的地方，又一个新的友情圈建立起来。下午 6 点三人约好晚饭后出来散步，正月十五的夜晚，冷风飕飕，白雪在路灯下泛着清冷，－14 ℃的气温，没有月光星辰，只有我们三人的脚步，和着偶尔闯过的汽车声。冰天雪地，几乎张不开嘴，有一句没一句地聊着，说话声在空寂的小区上空回荡。这样的时段，美国人是从来不出门的。蓉说得最多，她的女儿在北京交大读大二，昨天刚回国。目前困扰的问题是下一步怎么走，孩子很优秀，将来在北京读研就业，有可能有前景，但又觉得不留学美国（至少看看外面的世界）无疑是遗憾。而不同的选择意味着现在就得开始朝不同的方向努力，一家人一直在纠结。可以理解，眼下的世界变化太快，学生时代关键时刻的每一步，都将意味着将来不同的人生路。所以这时候除了智商、见识等主观因素，冥冥之中似乎也有客观的功劳，而主观和客观的分量用在每个人身上全然不一样。有时人所谓的高瞻远瞩、乘风破浪，又或是放纵自我、随波逐流，都无非是在命运这条船上翻着跟斗。

生命、生活的可贵和不易，大概也源自它有时候的大美。

临睡前我偶然听到一首古筝和笙箫合奏曲，背景是清脆的鸟鸣和潺潺的溪水声，突然体会到什么是空灵意境。青山翠竹，一池玉湖，苍苍暮色，临风对月，把琴胡笙箫，拨动着情致与生活，世间的纷繁与喧嚣，于我奈何？

原以为只有在文学世界里畅游，才可以有另一个天地，另一种生活，另一处风景，另一段情，进而丰美个体生命的偶在和单一，没想到音符里也有别人筑起的美妙，旋律中也流淌着人生的符号。艺术的世界真美！

今天算比较正常地过了一天，一日三餐加午休，书也读了几页，还有晚上一个小时的散步。还算充实的一天，算是应和了正月十五月亮的圆。

遇见便是美丽

时间确实不经用！还没调整好时差，没做成几件事，我回到波士顿已经一周多了，又见周末。

一上午我都在改研究生的论文终稿，午休后才开始读专业书。难得的好天，阳光普照着白色的雪和灰色的路面，积雪张扬出房子的棱角，从窗户里望去，小区像一幅幅水墨画，静谧清爽。

下午3点半出去散步、购物，温度没有想象中的高，显然与满眼的积雪有关。麻雀失去了觅食的阵地，成群地栖在低矮的树枝上，叽叽喳喳鸣叫着；松鼠绕着雪堆一圈圈地转，只是近不了树身，迷失了回家的路。雪墙之间仅能容一瘦人单行，而且是手里还不能拎东西的人，感受不到大太阳的温暖，但却有机会观察到融雪的过程。

今天才发现，雪的融化是釜底抽薪式的从内到外，从下到上，只是不知道雪在那一刻所经历的是即将还原本真的喜还是自我消亡的悲，是凤凰涅槃的疼痛还是破茧成蝶的欢欣。曾是晶莹剔透、棱角分明的花，未来是随风自由飘散的雾，没人知道那一刻它是在追忆缅怀过去，还是期待痴迷未来。安然若素，静卧在天地之间，任阳光一滴滴蚕食，因蒙大地过分的情“热”，无奈于风的肆意张狂，流泪、不甘心，又能怎样？

真想像劝诫自我一样劝诫雪，享受此时此刻，即便被赐予的是悲痛，即便需要卷着污泥浊流，也请悉心享受，现时此刻独一份，必须珍惜。

有人说遇见便是美丽！这趟午后散步，体悟到不完美的美。我散步回来心情大好，认真做了顿接近晚上的午饭。临近晚上 9 点，还破天荒地读了专业书。临近子夜，隔窗仰望星空，正月十六，国外的月亮也很圆。

不舍夕阳

夏令时的第一天早晨，手机、电脑不知什么时候已自动调节了时间，向前跳动了一个小时。人类大概就是这样坐在历史的车轮上，被自己的智能被动地推着向前走的吧！容不得犹豫、思考、不舍或是抵抗。时钟上被偷走的那一圈时间，到底去哪儿了？我在忙碌的间隙里固执地想。

仍然是改论文！占据了一个上午，下午 2 点才吃午饭——剩饭，这是一个人做饭、吃饭怎么也回避不了的难题。下午 3 点我开始读书，收效不大。

晚上 6 点半，我站在窗前同一个地点，拿手机拍摄落日余晖，发现太阳落下去的地方向北移动了至少 30 度的夹角。这时才明白，来美国这半年多的时间，都拥挤在这 30 度的夹角里。那里有许多记忆模糊的梦，有在哈佛校园匆匆的脚步声，有各大名校里的寻访，有西雅图团聚的欢愉，有金门大桥上的身影，有洛杉矶海滩上的涛声，还有昨日踏雪的放浪，应当也吸附在临界点上。原来是太阳把细碎的时光，厚此薄彼地撒在它北移的轨道上；也还是太阳把时钟上消失的那一圈，均匀地切割在模糊的地平线上。

我知道，当这个30度的锐角变成直角时，自己就该收拾行装回国了。这个已经适应并开始喜欢起来的地方，将注定有着难以忘记的点点滴滴：夏花、秋色和冬雪，自不必说；更有安静、疯癫、忧烦、欢喜、友谊、落寞……或者仅仅是那些逝去的分分秒秒。既然人终将成为一个苍凉的句号，花开花谢，日出日落，本就是一种必然的自然，就该学着从容淡定，摆脱那些可恶的情动！

夕阳西下，白雪依然是眼下最大的风景；不知谁家壁炉里的暖气，带着些许活力在风中袅袅升起；小路的转角处，有人牵着一只小狗，缓缓而行。此时的街景像极了水墨画，空旷疏朗，而窗前看风景的人，无心读书，任由光阴滑过指尖。

吃好玩美的周末

先说说今天的天气！上午的雨到了下午变成了雪，到目前为止路上积雪已经很厚，窗外的风还在呼啸，雪花还在飘。波士顿今年的雪就是这么任性！烦死人没商量。到目前为止今年降雪共 2758.4 毫米，破了 1996 ~ 1997 年 2733 毫米的历史最高纪录。我一不小心成了经历过波士顿历史上第一大雪的人之一。

上午 10 点半，和泓一起蹭蓉的房东张老师（以及他们家另一名房客、在哈佛做博士后的兰州小伙邓）的车，上街购物。张老师，50 多岁，离异，有未婚妻，儿子在西雅图微软工作。典型的北方人，热情开朗豪爽，一点儿没有书虫样，喜欢打球打牌，唐山大地震的幸存者，来美国生活已经 18 年，现为哈佛大学物理学教授。按他的说法，有房有车有身份，属于超级钻石王老五。车刚一开动，张老师就张罗着中午一起吃饭，饭后一起打双升。这还犹豫什么，一拍即合！

他平时每两周购一次物，今天人多，先后去了波士顿周围的五家超市，五个人买的大包小包、五颜六色的购物袋，塞满了他雷克萨斯车的整个后备厢，单回来后的“分赃”，就足足用了近十分钟。

沿途经过市区，适逢 St. Patrick's Day(圣帕特里克节，爱尔兰守护神 Patrick 的忌日，美国每年的3月17日都要举行盛大的游行)。本活动源自5世纪末的爱尔兰，后来成为爱尔兰人的国庆节。美国是爱尔兰移民最多的国家之一，历任总统中，大多具有爱尔兰血统，包括奥巴马、布什、克林顿、里根、卡特、尼克松、肯尼迪、杜鲁门等。因今年的3月17日是工作日，所以游行移到了今天。本来也不是什么大节日，硬是让爱小题大做、爱热闹的美国人发展成了人山人海的第二大游行日。我拍了几张照片，匆匆而过。

购物后去 Water Town 新开的一家中国餐馆“面对面”吃午餐，好不容易找到停车位，还没走到跟前，路边已有中国人劝说，别去了，排号已经到20多号了。张老师是冲着宣传页上的“郑州烩面”和“陕西肉夹馍”而去的，一定要进去碰碰运气。走进饭馆，里面桌上人已坐满，前台排队的人挤满了所有空间，用“鼎沸”形容里面的声音一点儿也不为过。最后我们不得不放弃，一同去了一家中国自助餐店 TinTin Buffet，里面人也不少，但饭菜、肉食、水果、饮料花样很多，味道不错，只是周日比平时贵，每人加税后12美元。饭后返回，分别卸载了东西后，去了张家打牌。

开战之前我们先建了个五人微信聊天群，为起名字讨论了老半天，最后举手表决后才搞定（保密）。五个人的双升，两副牌，每局都有新组合，戏剧性很强，变数大，意外多，你争我抢，尔虞我诈。一边喝着普洱茶，一边吵吵闹闹、大呼小叫，还好他家左边临路，右边是车库，否则邻居准会找上门来讨说法。

不知不觉间已到晚上9点半，我们吃完张老师亲自熬的八宝粥，约好两周后再见。

这个周末，有吃有喝有玩有乐。

昨日事今日毕

凌晨3点我还没睡着，肚子有点饿，早上7点又早醒，都是昨晚普洱茶发挥了超级功效。

上午在痛苦中继续改在职研究生的论文，三个小时连引言部分都没看完，英语的表达除了明显抄袭别人的几句话外，没有一句是正确的，而且错得离谱，无法下手改动！这样的论文改出来，约等于我这个做导师的帮她写了一篇论文。知道中学老师的不易，写出两万多字的英文对他们来说确实勉为其难，但也不能违背职业道德底线，纠结再三，打回去继续修改。尽管明白英语水平可不是一两天、一两月甚至一两年就能提高的事，只是想告诉学生，即使是在职研究生，学位论文也绝不是平时丢在脑后，到了deadline（最后期限）才开始在别人的论文中乱砍乱拼接就能成的。

上午我还补了昨天就该彻底打扫卫生、洗衣服的活，一上午就这样浪费过去了。下午2点半又开始补睡昨晚的觉，醒来后又想完成上周就该完成的读书任务，放弃了和朋友们跑步的约定。这一天似乎都在忙乱地挖着东墙补西墙，用新鲜的时间做陈旧的事情，直到把时间也一分一秒地变陈旧，纵使有能力完成任务。我这叫善于利用时间还是因为慵懒而挥霍了时间后的良心发现？

下午5点半，蓉和泓跑步回来后，打电话要求接见。迎上来喝茶聊天至晚上7点半。和这些高智商的朋友们一起聊天，在一些家长里短、鸡毛蒜皮的闲言碎语中，也妙趣横生。从她们看问题的视角，分析问题的深度，判断问题的敏感，读出了她们的聪慧、城府和学识，也感觉到了自己的欠缺。

晚饭之后，我继续赶任务读书至9点，开始睁不开眼，疲劳不堪。春天的温度没来，春困就这样到了？

春风“肆虐”

波士顿三月份的风，显然与春风不沾边，天生有股子“肆虐”的特性，不顾一切任意妄为。从昨天开始到今天白天一整天，任性地呼啸着，房子都在不安中震动。接近三月下旬了，风依然似剪刀般锋利，什么时候才能吹绿“江南岸”，吹开千树万树的“梨花开”。

上午我只能待在屋内，极不情愿地改着在职研究生写的毫无意义的学位论文，乏味得直打瞌睡。本篇论文的主题是有关职专学生英语学习方面存在的问题、原因及解决办法，结构堪称完美，语言表述流畅，只是这样的完美更让人担心，因为行文中一些很低级的语法、句法错误，与整个论文的流畅形成极大的反差，显然不是出自一人之手。大好的时光读一些毫无意义的拼贴论文，浪费的可不只是时间和精力。

下午 4 点半出外散步，没想到可以晒着灿烂的阳光，却不得不忍受 -11 ℃的冷，路边正在融化的雪通通结成了冰，直愣愣地竖成林立的小冰棒。我拿出手机拍照，手冻得又麻又僵，在社区里转了一小圈就被风和冷逼回来了。

下午6点半我站在窗前远望，地平线上美成一幅油画。夕阳西下，彩霞染红天际，闲云似野鹤浮游，星垂平野，灯火万家。天成的大手笔，人类何以超越。

母女相聚波士顿

我早上起来无心看书，一上午都在为女儿来波士顿做着准备。10 点半我开始炖上她喜欢吃的排骨，为的是晚上一回来就有饭吃。美国国内的航班上只供应饮料、咖啡和冰水，不供应饭。女儿放春假一周，因为暑假要实习，这周是唯一一次长假，昨晚才考完最后一门课，乘今天早上 6 点的飞机，下午 4 点多到波士顿，几乎需要颠簸一天。

尽管距上次见面还不到一个月，但依然有抑制不住的激动。不同于春节前去西雅图，心里总有种去投奔或投靠的感觉，少了踏实感。这次截然不同，心里有种盼归的幸福。不管怎样，这一次我变成一个固定的情感点，等着女儿回“乡”。

我下午 2 点出门，3 点顺利到达国际机场，飞机提前 20 多分钟降落。手机上的叫车软件 Uber 出了问题，无法叫车，我和女儿只好坐机场免费大巴到地铁站内，直接坐红线到了哈佛广场，再坐公交，回到住所时已将近晚上 6 点。

从美国的最西北飞到最东北，七个小时的飞行，-8 ℃的气温，“冷”肯定是女儿对波士顿的第一印象，走出机场，雪下得越来越大，这也是她今年见到的第一场雪。而这个时节的西雅图，则是 16 ℃以上的气温，到处春暖花开。

Lida 今天在家，她和我女儿一见如故，聊得火热，连猫也热情地绕着她转圈。饭后坐在床上聊天，个人志与天下事，无所不及，柔和的灯光下，享受着天伦里的分分秒秒。

波士顿和西雅图有三个小时的时差，晚上 12 点多我困得睁不开眼，女儿还在网上继续改着助教该改的作业，这是她这学期最后一次工作。

大雪无痕，人间情暖。

女儿为我做炖菜

上午起床，雪下得很大，除了马路中央，其余地方白花花一片。已经记不清这是今冬第几场雪了，国内的朋友纷纷晒春装、春游、春景、春花的时候，我们出门还得包得像粽子一样，在冰天雪地里缩手、缩脚、缩脖子。哈佛的朋友圈里，大家彼此调侃着、安慰着“一定要挺住”，面对波士顿今冬破历史纪录的雪，仰望星空也没用。

我中午 11 点吃完早饭，太阳已经出来，雪还在下。我和女儿顶着太阳、踏着雪去市中心游玩，穿过查尔斯河，沿着自由之路，直接来到波士顿中心广场。周末的街上，人明显比平时多，逛了 Nordstrom Rack，H&M，COOP 等几家店，没买几件东西，顺便参观了市中心有名的三一教堂，Park Street 教堂，在一个餐饮广场吃午饭。天气冷，我找了家中国人开的摊位要了份面条，这面条的尊容简直不敢恭维，几缕方便面上放着好几片手掌大的包菜叶，几个生豆角，两块西兰花，用筷子搅了半天也见不着面，汤里一滴油也没有，很纳闷这种美食是中国人本质上的精打细算还是美国的水土浇灌出的生财之道？真是少见！尝了两口直接倒掉，倒不全是心疼我的8.5美元，确实影响心情。还好女儿吃的是另一家的寿司，尽管味道一般，但毕竟寿司的性质没变。以后在美国吃中餐，还得留个心眼，不可盲目信任中国餐。

我们返回时路过哈佛广场，顺便去了中心校园和图书馆转转。尽管是假期，校园里人来人往不断，图书馆读书的人依然很多。天太冷没逗留多长时间，途中下车去了超市，买来水果和蔬菜，晚上吃了女儿亲手做的“党氏炖白菜”，味道不错。

令人发愁的工作总结

三月份的最后一天，“2015”还没写顺手却已过了四分之一。上午大部分时间是在回复邮件、填写年度总结还有填写工会登记信息数据表中度过的。不得不写的年度总结是每年最恨的一件事，如果只是填写工作内容和科研成果之类的还有点意义，可以直面自己的成果，督促自己来年进取和努力，但必须写的空话大话实在乏味，爱国爱民、爱岗敬业是一个公民的基本道德准则，但以字面形式像表忠心一样写在纸上，不仅滑稽可笑，而且无知虚伪。强制性地把一些话写在纸上，就可以证实自己在“三观”上和党中央保持一致？上网一搜，各种职业、各个层次的年度总结内容扑面都是。正是网民所需，才促成网络公司对这种高大上内容的开发，搞不懂在网上都能复制粘贴的东西，有什么实在的意义。这种高调的形式主义在什么时候才能被废弃？枉自断言，这种物力、财力、人力的浪费和自欺欺人的做派必将成为若干年后人们的笑柄！

真正的看书时间是从午饭后开始的。下午 4 点我和泓约好出外散步，在附近的操场慢走一小时。尽管残雪还没有化完，但能看见嫩绿的小苗芽在枯黄的草叶下蠢蠢欲动，操场上“草色遥看近却无”，大自然的有序轮回奇妙得超越凡人的想象，到底是多么神奇的力量才能叫醒这些沉睡了一个冬季的小生命？

明天有一系列讲座要去听，晚上查阅相关资料，10 点才完成一个讲座内容的背景知识阅读。感慨于几千年来人类知识文明成果的积淀，处处是精华，而人生百年，无论怎么也享用不完。也许太贪，一想到自己狭仄的知识之外永远有那么多顾及不到甚或想象不到的精彩和新奇，总有种阅读的冲动和时不我待感。晚上 11 点休息，12 点从总是不遂愿的梦境中醒来，这是与清明节这个唯一缺少喜乐的假日有关吗？

懂事的女儿

吸取教训，今日上午的主要任务是卧床休息和胡思乱想，前半生、后半世的回忆与遐想，简单说无非生与死，复杂说是一笔糊涂账。今天适逢女儿生日，向她发微信祝福，回复是感谢我给了她生命，其实真要感谢的，是她这23年来带给我们人生的满足和充实。现在只要回想起她小时候自己的用力不足、用心不够，都深感自责，后悔没有全心体会她成长的每一个瞬间，认真享受和她在一起的每一段时光，更后悔自己曾经的某些武断、偏执和对她冲动的指责。覆水难收，留给自己慢慢消化。

下午4点出门去了趟超市，2015年的4月，第一次感觉到波士顿春天的温暖，来回40多分钟的路，走得大汗淋漓，但愿不是身体的错。

晚上和久未谋面的宁波的好友视频聊天，生命、生活、工作、孩子，聊不完的话题。一对儿活得很明白的幸福夫妻！感谢他们对我一点点风吹草动的警觉和关注，感谢他们真诚的提醒和建议。一直以来都很欣赏他们务实、但也积极的生活态度。智慧、努力，外加理性、恩爱一直是他们事业有成、家庭幸福和睦的保障。我愿意把自己生活的点点滴滴全部晾晒在这个有限定的空间，就是因为认可三毛的“朋友之乐，贵在那份踏实的信赖”。永远祝福他们，也同时祝福圈里其他的亲友！

帮 Lida 传递复活节母爱

从学生时代起，一直最喜欢春天，不仅仅是因为花红柳绿，草长莺飞，更是因为喜欢春天里自然世界处处勃发的生机，喜欢看春天里生命的又一次轮回。这个季节一直以来都是自己精力相对旺盛的季节，春困很少，还时时会有看书学习的冲动。前两天还野心勃勃地准备“啃书”时，身体却敲了警钟，只能放慢节奏了。上午开始我只看了几页书，临近中午和一学生聊天。这个学生研究生毕业，工作不到两年，积极的工作态度，精彩充实的生活，乐观阳光的心态，从内到外的自信，四溢的青春活力，把我的老气横秋比得都能闻出味儿来。回想刚参加工作时的自己，除了机械地吃饭、睡觉、上课，脑子里空得有回音，目光短浅得不如鼠；不记得还有什么目标理想、人生规划；生存与生活，傻傻地分不清。羡慕她如此年轻，就把自己的工作、生活经营成春天里的花，期待秋天里见证她丰硕的果实。

“哈佛户外”圈子如今人数已增至 39 人，男士有所增加，但依然不超过三分之一。每逢周末圈内都格外活跃，晒工作内容，晒活动心情，有人咨询信息，有人出招亮技，红红火火，热热闹闹。群里动不动来来回回百十条信息，常常能从中读出某些深藏不露的才华机智、风趣幽默。

新晋成员河北的张特别活跃，从昨晚就开始招呼大家聚聚，说自己住的sommerville附近有个“thirsty scholar pub”不错，没有回应，后直接点名邀请几个男同胞。今天一大早锲而不舍继续吆喝，终于有人被蛊惑举手了。因不会喝酒，再加上明天天气预报有雨有大风，只好先潜水看热闹。圈内大部分朋友因专业隔行隔山，在国内很可能只是平行线，有缘分在哈佛相识相聚，实属不易，聊聊天也不错。所以抵不住诱惑，作为圈主我也举手同意参加了，随后又跟风了四个。期待明天的酒吧之约。

晚上 8 点，房东 Lida 敲门，手提漂亮花篮，说自己周末要跟男友 Paul 出去不在家，让我帮她把为女儿准备的复活节彩蛋——巧克力，周日早上偷偷放到 Emma 的房间里。她还特意强调这不算迷信，但也希望给女儿带来好运，还顺便给我普及了一些复活节的知识。如果普天之下真有什么跨越种族、年龄、文化程度、国别、地域、习俗的大同的话，那一定是天下的母爱了！

“予人玫瑰”的事，求之不得。我promise（保证）顺利完成任务。

复活节是纪念耶稣复活的节日，是基督教最重要的一个节日。每年春分月圆后的第一个周日，即是假日，自然离不开吃喝玩乐、赠送礼品。美国的复活节据说都要举行游行，人们扮成各种著名历史人物、卡通人物，如耶稣、米老鼠等。做复活彩蛋是家庭里乐融融的游戏之一，大餐中羊肉和火腿是不可少的。鸡蛋、小鸡、小兔子、鲜花，特别是百合花，都是典型的复活节礼物。

鸡蛋是复活节的象征，预示着新生命的降临，相信新的生命一定会从中冲出。复活节的另一象征是小兔子，原因是它具有极强的繁殖能力，被视为新生命的创造者。成年人一般会告诉孩子们复活节彩蛋会孵化成小兔子。许多家庭还会在花园草坪里放些彩蛋，让孩子们玩找彩蛋的游戏。复活节小兔子和彩蛋也成为节日期间抢手的商品，在两周前，商场已经开始出售各式各样的小兔子和彩蛋状商品，小的食品店和糖果店里摆满了用巧克力制成的神态可爱的小兔子和彩蛋。明天我争取买几个尝尝鲜。

教堂里的庄严复活节

我昨夜深夜2点半醒来，轻手轻脚地把花篮放在Emma的房间里，替Lida完成了任务。愿上帝保佑这个善良的姑娘一切如愿。Emma早上醒来，惊呼哪儿来的花篮，跟她妈妈Lida联系后，才开始享受惊喜。

昨天Ruth打电话，约我去她今年一月份刚转过来的教堂Redeem Fellowship Center Church，参加今天的复活节service（礼拜），我欣然答应。上午9点半她的车准时停在楼下，只有五分钟的车程。这是一个五年前才开始启用的新教堂，教友有300多人，来自20多个不同的国家。牧师们都是高学历，年轻帅气。一走进去就能感到和室温一样温暖的友情，碰到的任何人都热情地打招呼问好，举止彬彬有礼，姿态儒中带雅，Ruth说这也是她来这个教堂的主要原因。因为是复活节，大人、小孩今天都穿着讲究，大部分男士西装革履，女士们也大多穿着裙子。10点半礼拜开始，牧师pray（祈祷）过后，由现场的乐队伴奏，唱颂歌。乐队现场感的震撼，给这个喜庆的节日添了不少庄严而欢乐的气氛。几百人站得笔直，神情虔诚专一，昂首高歌，情盛处伸出双手，无比陶醉。暗自想，什么样的上帝、什么样的信仰，让全球这么多的信徒深情膜拜？且不说上帝真的存在与否，也先不考虑凡夫俗子的跟风本能，单就能够吸引无数精于推理的科学家、善于思辨的哲学家们的接纳并皈依，那得需要多么高深的辩术和智慧？

今天牧师宣讲的《圣经》内容，自然是耶稣复活一节。耶稣，上帝唯一的儿子，因宣传上帝的旨意被罗马人钉在十字架上，替人洗祛原罪。三天之后，以肉身的形式复活，广撒鸿恩，拯救世人。而今天基督徒们相聚在教堂这个离上帝最近的地方，欢庆耶稣的复活，所以一开始牧师就说，这是最重要的宗教节日，没有之一。当时没有多想，之后忘了问他，为什么不是圣诞？没有诞生，何谈复活？

今天布道的另一个内容是吃被掰成很多小块的圣饼和喝红酒，象征着耶稣愿意让人们食饮自己的血肉，获得灵魂的永生。仪式开始，事先安排好的几个男士端着托盘，一排排地发给大家，同一时间嚼食饮用的同时，乐队奏响音乐，牧师在深情布道。

临近中午 12 点布道会结束，节日特色明显的百家饭，分种类摆放在不同的桌子上，大家各取所需，自主服务，随意围坐在几十张圆桌上，直到下午 2 点多结束。临出门碰到主牧师，聊了几句，邀请下周一定再来，说若不方便，可以搭乘他找的顺风车。

感谢 Ruth，让我有机会见识了美国复活节庆典的全过程，感受到基督徒们的虔诚。

访学圈的欢乐休闲

好一个晴天！天光一早就从窗口处透进屋内。按约定上午 10 点我蹭朋友蓉的中国房东 David 张——哈佛核物理学教授的车，转了四个不同的超市，五人又一次购满一车后备厢蔬菜、食品。尽管和泓一样，前一天刚购物过，并且一出门就相互提醒理性购物，但人性中的贪婪使然，看到中国式的绿色蔬菜，还是买来许多种，什么大白菜、菠菜、上海青、韭菜薹等装满各式食品袋，谁让平时附近的 Star Market 只有叫不上名的美国菜，看着都没胃口。所以就顺理成章地把自己想象成一个典型的吃货，疯狂刷卡，大包小包买回家。其实一人做饭吃，几乎每次都是做一顿吃两餐，如果去学校，几乎一天都不用开火，买一块豆腐可以吃很多天，终于理解上蹿下跳囤粮的松鼠是什么心态了。

午饭还是选择上次那家连锁中国风味自助餐店，吃到下午 2 点。各自卸下战利品，在张家豪华的客厅里支起了牌摊，五人还是按照原来的座位，打扑克牌至晚上 6 点。玩起来照样算尽机关，尔虞我诈，尤其是蓉和张，关键时刻争执得不分红白，天翻地覆，同时也把俩人争强好胜的性格暴露在牌摊上。这一次两位男士终于冲过终点 A，收工做晚饭，开心玩的时候时间总是过得飞快。

泓做的是她的拿手菜——浙江梅菜红烧肉，蓉做了两个家乡菜——湖南炒猪肝和辣椒炝西芹，我做了陕西的葱花鸡蛋面。暂时解放了男性，他们的任务是刷锅洗碗。红酒配主食，也不乏浓浓的中国味道。席间聊得最多的是毕福剑事件，大家的一致看法是中国娱乐界走向低俗的大环境，让一些主持人忘乎所以，随便而狂妄。看似偶然的一件事，其实是没有把握好底线和尺度，不自律的人，说到底还是素质教养的欠缺。

没想到的是，David 张，这位堂堂哈佛大的教授，还是国内好几档真人秀节目的忠实粉丝，《非诚勿扰》500 期，据他说没落下一期，连主持人孟非和某些男女嘉宾说过的一些话，他都如数家珍。还有什么《婚姻保卫战》《我看你有戏》《爸爸去哪儿》《最强大脑》等一些连我们都很少看的节目，他说起来都乐此不疲。问他看这么多的节目也不怕浪费时间，他说这是了解国内文化生活动态的一个窗口，一般都是做饭、吃饭的时候看，有时工作累了也看几集。这种调节生活的方式还真是不多见。

晚上 9 点我被送回住处，晴天的夜晚蓝天白云依稀可见，月明星稀，微风里稍微带点冷，进入四月中旬了，才觉出蹒跚在空气中的春天。

哭笑不得自找麻烦

昨天我在学校待了一整天，晚上 10 点半返回，没时间整理很多学习内容。今天在屋里待着，上午回邮件整理笔记，下午看书，有点遗憾地放弃了 4 点钟有关黑人身份文化的系列讲座。这两天气温回升很快，今日雨后达到 17 ℃，终于可以脱下棉袄出外散步。草坪上一片绿，路边叫不上名字的小花小草也都露出了嫩芽。小鸟唱得更动听，松鼠跳得更欢快。晚上 6 点 20 分返回，高高兴兴做晚饭。

我们这个街区周三清垃圾，今天是倒垃圾的时间，蒸着米（不是电饭锅）、烧着水，两手提着垃圾袋下楼，还提醒自己别把自己锁在门外了。开完门用脚习惯性地带上门的那一瞬间，才意识到可怕的结果，果然把自己锁在外面了。手机放在餐桌上，家里没人，Lida 周二晚上不在家，也就意味着她女儿 Emma 不会在家，Laura 晚上 12 点多才回来。怎么办？一时傻了眼，无法淡定，急出了一身汗。

我赶紧敲隔壁AL的门，他是我们的第一房东，有钥匙，屋里亮着灯，平时总在家的他今天却不在，经常停在门口的车开走了。我真切体验了热锅上蚂蚁的慌张，抱着一线希望敲右边一户人家的门，祈祷他认识房东也许有房东的电话，应门的是一个年轻人，回答我不知道，说可以用他的电话，可恶的是到美国后周围人的电话号码一个都不记得。束手无策地呆站在门口观望，比任何时候都期待有更多的车从面前经过，不在乎望穿双眼，没准哪一个就是第一、二房东的车。运气没有想象的好，能听到水烧开后烧水壶的尖叫声，却看不到一个熟悉的身影。突然想起了朋友悦曾和房东联系咨询过她孩子上学的事情，这里和她隔着六个街区，跑过去至少需要30分钟，来回一个小时的路程。穿着拖鞋跑了几步已经上气不接下气，无奈之下斗胆招手叫停路边正在启动的车，解释了缘由，问能否带我去朋友悦家的路口。善良的美国绅士，载我到了悦那里，她女儿开了门，说妈妈不在家但手机在桌上，查到了Lida的手机赶紧拨打，她可能忙或者因为看到是陌生号码，只有voice mail（手机留言），于是语无伦次地留了言赶紧跑回家，一路上一边期望有人已回家，一边想着如何破门而入。跑回路口，还是没人回来。从下面望着厨房里只有灯光，没有火焰，心里才安稳下来。我找来一砖块试图砸门，但力度不够，再次绝望。

天色渐黑，听到远处有说话声，跑过去冒昧地打断别人的谈话，解释了原因寻求帮助，说明自己在哈佛访学，有哈佛ID（身份证），不是什么坏人，问能否借什么工具让我可以破门而入。其中一位先生说没问题，他也是哈佛的老师，他家有合适的斧头和螺丝刀借我。说完把手里牵着的两只狗留给我后，进门拿工具，并跟着走过来看能否帮上什么忙。还问我们的房子有没有后门可以进，翻窗有没有可能。我动手撬锁之前，他提议叫火警帮开锁可能更靠谱，我怯怯地问了声，惊动火警是不是会很贵？他说不知道，先问问再说。正在掏手机时，AL走过来了！谢天谢地谢上帝谢观世音菩萨！门打开后我飞奔至厨房，比家里的猫一个箭步好几个台阶都要快，结果发现米饭没有问题，火已关。原来Emma在家，可能是她关了火，只是关着自己的房门没听到声响。上蹿下跳地来回折腾了近一个小时，却是这样的结果，都不知道是该哭还是该笑。

我平时本来就丢三落四，马虎得自己恨自己，近来发现脑子越来越迟钝。中午停下手头的活下去做饭，上楼的时候怎么想都想不起来半途停下的活儿是什么。难道是上次在车上的短时休克损伤了脑细胞，记忆力骤降？如果是那样，那就太可怕了！记忆力下降是人体无论如何都恢复不了的功能性缺失，我就这样向着老年痴呆飞奔？

欢乐的出行策划

连续第二天不在状态，我上午在家看书，收获甚微。窗外清洁车隆隆声响，这里社区的清洁分几个步骤，一般都是带把大刷子的清洁车开过，卷走路面上所有的垃圾，再是深度清理，几个工人手拿很大的吹风机类的东西，把路面和两边犄角旮旯里的残枝败叶吹在一起清理，时间往往会在雨后。说社区的路面干净得胜过客厅，一点儿也不夸张。累了就地而坐，起身走人，不会带上一点尘土。

午休醒来后昏昏沉沉，在网上和几个朋友讨论下周的出行计划，新开辟了一个小圈子“查河畔”，因多了一个麻省理工的李，就用把哈佛大学和麻省理工大学这两个学校分隔开的查尔斯河命名。还是上次走自由之路的原班人马，圈主是蓉，还吸收了三名男士：上海交大的吉，石家庄的张和北大的博士生龚。本周末是美国的爱国者日，每年四月的第三个星期一，是麻州和缅因州的公休日（可惜哈佛不放假），周末还有大型的庆祝活动，庆祝美国独立战争的第一枪。同时，周一还有马拉松赛，当年的爆炸似乎更点燃了人们看热闹的热情，圈里圈外的人早已开始摩拳擦掌。再加上本月24日还是全城免票日，这一天乘坐任何公共交通都免费，于是谁也不想白白浪费这个福利，所以提前开始做各种攻略，充分利用这个一年一次的机会。整个下午我们都在网上的小圈子里讨论这一类事。有提议、有建议、有商议，有文字、有表情、有声音、有图解、有视频，有诙谐、有幽默、有打击、有吹捧，大家躲在网络的后面，物尽其用，人尽其才，把一场讨论活生生地搞成一个群口相声，现代科技的优势被我们用得淋漓尽致。直到晚上6点，最后的方案还没出台。

因周一有课，Lexington（列克星敦）的主要活动内容我无法参加，晚饭后重新找人商议，想提前去。周六多云，温度22 ℃，适宜外出，和徐州的谷、武汉的甜儿商定好明早9点半出发。

晚饭后7点半外出散步，这是来美国七个多月里第一次在这样的时间点一个人在社区游走，半天的雨后，空气的清新自不必说，夜空中天的蓝、星的澄、社区里的安静、“万家”灯火的温暖，都让人不知道是该享受眼前的光与景，还是该整理平复心意烦乱。一个小时的散步，在四周的静谧里，连脚步声都能听出异乡人的孤寂。

晚上12点Laura下班回来敲门，聊了近一个小时。她整天早出晚归，同一屋檐下，一周内只能听见彼此的脚步声。自从她找到一份新的工作，为一个博士后当助理，心情随着收入的增长明显晴好。我们主要聊了聊她的新工作，说刚上手，工作进度慢，特别想做好又怕出错，压力不小。还说在新的环境、高层次人群堆里，同事关系融洽，尽可以个性张扬，不像原来的那个实验室，被老板当机器、当苦力，只希望看到他们千人一律。现在的她是累并快乐着。看得出来，Laura 是个不太好相处的姑娘，太敏感谨慎，还有因自卑导致的过度自尊。难得有现在的这份心境，替她高兴。说晚安时顺手把挂在门边的一个红色的中国结送给她，愿她有好运好梦。

熬夜追剧的弊端

今天的日志又得从凌晨说起，在网上看完《平凡的世界》的大结局，已经是夜里2点，来不及消化就进入梦乡。能把平凡的人和事写成受众内心的起伏波澜，是文学大家们所共有的特质。不过因没有读过文本，而电视剧里难免会有以满足编剧和导演的期待视野为准则的强调和删减，因而不好对全剧妄下结论。但可以肯定的是，爱情和死亡两大文学主题，被路遥发挥得淋漓尽致。大时代背景下错位纷乱的爱情，落入现实主义小说两大俗套之一的结尾，"在叮叮咣咣钉棺材的声音"（即死亡，英国作家 E. M. Forster 语；另一种俗套"吹唢呐的喜庆声"，即大团圆式的婚礼）中结束。可惜为了达到这样的悲剧效果，作者不得不草草收笔，以两位女主角的死亡，结束了他不太看好的人间爱情。

不管怎样，这仍然是到目前为止唯一一部看完之后还想读文本的电视剧作品。喜马拉雅听书中的朗读版还在听，但怎么都没有书页闻着香和细细翻阅书页的快感让人愉悦。

被动地听小说，容易抓住情节的跌宕起伏，却被剥夺了有些时候必须停下来思考、回顾、联想和期待的权利，容易遗漏一些精彩的主题深度。

我睡到5点多左小腿抽筋，持续了好几分钟，疼得钻心，差点出声大喊。记得上一次腿抽筋还是几十年前上高中的时候，那时候被告知遇到这种情况最好的办法是尽快站起来，让腿吃上力。但始终都没尝试过，因为疼到一定程度时，只想抱着腿哭，没有站直的气力。

一醒来查百度，百度说，“小腿抽筋是不容忽视的，如果经常出现小腿抽筋，那就要进行合理的饮食调理，适当补充钙片和维生素D”。百度还说，“含维生素D的食物主要是动物性来源，比如海鱼、动物肝脏、蛋黄、牛奶、鱼肝油、坚果等都能很好地补充人体所需维生素D。其实最好补充维生素D的方法是晒太阳，帮助身体自身完成维生素D的合成”。看来腿抽筋是缺钙引起的，百度提到的几种食物一直在吃，大概是缺少晒太阳。波士顿的冬天长达半年，温度总在-10℃左右，即使有太阳也不敢在外面晒！明天开始调整时间，选择在日落前外出散步。

可想而知，上午的工作效率有多么不理想。因必须推倒之前的写作框架，下周一给导师提供一个全新的东西供他提意见，所以今天起重新整理思绪，

上午基本都是在寻找资料，下午才开始理头绪，还得借阅很多书籍和资料，本周的任务不会轻。

下午6点我外出散步，太阳尚未落。走在社区的大街小巷里，到处是鸟语和风信子的花香，松鼠满街跑，野兔也不示弱，跑出来凑热闹。几乎家家门前都有不同颜色、形状、味道、形态的花陆续开放，休整了半年多的树开始发芽，总体环境素净、干净、清静，真正称得上天地人神共和谐的佳境。但愿这样的和谐在国内能早日来到，人们不再必须涌向花园、公园，才能闻到花香。

计划出游的烦恼

讨论了很久的墨西哥之行今天进入议事日程，一上午都在和泓研究攻略方案，因去墨西哥旅游，语言不通，自由行不可能，需要跟旅行团。跟团唯一的好处在于不用订宾馆，但美国的旅游团一般不负责机票（除非你不在乎被宰），不管饭，只负责在机场接机、送机和中转，因在墨西哥旅行中途还得订从一个城市到另一个城市的机票，而且旅行社的接机又有固定时间限定，查找了两个小时，还是没法确定机票，本来随团旅游就是我嫌弃的出行方式，所以这一次直接放弃，只可惜浪费了我一上午的时间。

午休后我继续做手头的任务到5点半，出门买菜购物。天更蓝，水更清，云更白，草更绿，草坪上的小野花一片一片，树上的绿叶星星点点，更多的小鸟在鸣叫，温度在循环起伏中上升，波士顿的春天带着史上少有的迟缓，姗姗来迟，但终究还是来了。

晚上 Lida 一人在家，两人一起吃晚饭，做了她喜欢吃的红烧鸡翅，聊起了她这几年的生活。搬到现在的住处的两年前，她和另一个男友住在另一所比较大的房子，后因两人闹崩，加之房价上涨，所以她带女儿搬到目前这所房子，并开始和 Paul 交往。不知“鱼之乐或不乐”，不妄加评论，但总觉得这把年纪还一人飘摇，没有真正属于自己的安乐窝，不知她在享受自由的同时会否有自由的代价和落寞？今晚的她就看起来很疲惫，Paul 没有来，女儿 Emma 周六一般都在她爸爸家，她一人整个下午都在收拾书房、洗衣服。

还有个不好的消息，她和房东 AL 的合同只签到六月底，这意味着我六月底也得找地方搬家。最后的两个月，我要搬往什么地方？房源不难找，难的是能否找到像 Lida 一样通情达理的好房东。

春光无限好

今天温度大幅回升，忍受了半年寒冷的波士顿市民夸张地穿起了短袖、短裤，好似唯恐温度再无厘头下降。上午我在家继续读中断了两天多的小说，莫里森娴熟的多人称叙事模式，调皮中带有犀利的语言风格，破碎缺爱的家庭，畸形的人伦关系，魔幻现实主义手法的再度运用，都无不指向种族主义的深重罪孽，同时也遗憾地读出了莫里森“江郎才尽”后的努力。不过，她还有故事讲，她还愿意讲故事，她还有能力关注社会问题，就足以凸显她的兴趣、爱心和责任感。我对她的喜欢永远不会变，心中祈祷导师答应安排见她的愿望尽早实现，让我的美国之行圆满。

我下午看书至5点，泓招呼我出来散步，走在社区里，处处可见春天的影子：大部分的树长出了嫩黄色的叶子，各种颜色的鲜花怒放，草地变成碧绿，鸟儿的鸣叫更高更清脆，松鼠蹿得更欢，野兔在绿地上忙着扒窝，温度不高不低，空气透明清净。这样的春天，怎一个赞字了得！这只是自然环境的秀美，还看到两幅人文景致的美好。一位先生坐在门前草坪上的竹椅上，手抱吉他轻轻地弹着一首美国乡村民谣，丝丝缕缕的吉他声，随着春风弥漫在空中，时有时无，似有似无，而他眯着眼睛陶醉其中的画面，就是温暖的春天。另一条街上的另一幅画面，一位漂亮的中年女性，坐在自家门口的台阶上，独自享受着半下午的夕阳，两旁的花园里盛开着各色各样的郁金香。从我们经过时短暂的交流中，读出了她对生活的热爱和奢华的幸福。真羡慕这样的生命状态，春意盎然、春风荡漾、春花怒放的午后，悠悠然庭前静坐，把玩春色。那一刻，可以放空大脑，什么都不想，也可以什么都想，自顾自地咀嚼时光。不用计较她背后可能会有的或酸或苦或辣的现实生活或“一地鸡毛”，有心思、有兴致、有闲情地这么一坐，就能坐出大部分人遥不可及的理想和愿望。

一个多小时的散步，抓拍了不少叫不上名字的花花草草。大爱春天，处处勃发的生机涤荡了一个冬天的沉郁。更愿意在这样的时刻，种几颗梦想的种子在心里，悉心经营，等着它们发芽开花，更期待收获成果。

领略墨西哥风情

半夜三更醒来，我发现 Laura 的信息和未接来电，说自己忘带钥匙了。时间是午夜 12 点 48 分，这是她每天下班的时间。晚上休息一般会把手机调成静音模式，待我打过去时她已经打车回到实验室继续上班了。告诉她我上午 9 点前会在家，说好上午一早回来拿钥匙。昨晚的 Laura 肯定像我那天把自己锁在门外一样的狼狈不堪，真难为她了，平时省得连牙膏都舍不得买，不得不花几十美元乘出租。7 点多接到电话去开门，撞上了 Lida，说她是今天起床后才看到 Laura 的信息和电话。希望这样的事再也不会发生，也是在告诫自己。

春天加快了脚步，夏天紧随其后。温度从近来的 13 ℃直接飙升到今天的 28 ℃，街上的行人短衣、短裤，校园里到处是夏天的节奏，吊带短裤、夏天的短裙、凉拖鞋，成了女孩们基本的着装。校园内的颜色一下子亮得惹眼。

中午 11 点我们开始了本学期最后一次实践课，学生们就二月份上映的有关马丁·路德·金非暴力抵抗争取

人权的电影 *Selma* 展开辩论，辩题是“艺术形式能否反映历史真实”。可以想象得出结果，只是难为了反方的几个学生。唇枪舌剑间，见识了哈佛文科生深厚的知识文化功底和能言善辩。下课后和导师聊了几句，还专门在教室里和他合了影。

前两周认识的日本女孩 Yuri，因为研究方向一致所以很投缘，中午在图书馆负一层的餐厅吃饭时，聊起了专业，原来她并不是 Gates 教授的学生，只是慕名来听课的，而且还几次去导师的 office hour（工作室）求教。再次谈到了大师级教授的素养和学养，任何时候都表现得热情随和，即便个头不高、腿有残疾这些短板，都丝毫不会影响他人格的魅力，甚至连那只形影不离的手杖，也成了文明身份的象征。人格的美才是真的美！

下午去了 Lamont 图书馆看了一个小时书后，被朋友们唤去商量芝加哥之行的攻略，两小时后终于订好了 6 月 2 日到 6 日来回的机票，住宿问题还在商讨。晚饭又一次是在科学中心广场的大篷车上买的中国特色的烧烤和米饭。6 点 20 分和朋友们一起赶往墨西哥驻波士顿领事馆，听一周前在网上预订的题为“重想墨西哥”的演唱会。这是一场规格很高的演唱会，由墨西哥领事馆、伯克利音乐学院和 Emmoson 学院（成立于 1880 年）一起承办，请来了目前美国最优秀的大腕级爵士乐女歌手，献唱了四首民族歌曲。主体表演者还是来自伯克利音乐学院的师生，水平当然毋庸置疑；演员皆是墨西哥裔的美国人，大部分的歌也都是墨西哥民歌和流行歌曲。台上的载歌载舞和台下的热情呼应，反映出墨西哥民族对音乐舞蹈的钟情。幽怨、悠长的抒情歌曲，狂放但不狂野，张扬但不张狂，在舞台上粗浅领略到了墨西哥民族奔放且不失内敛的特质。

晚上 10 点演唱会结束，我在回味与期待中坐车回了家。

梦里不知身是客

上午我读完了小说《天佑孩童》，结尾是半开放式的结局，主人公Bride驾车274千米，找到了只留下“you not the woman I like”（你不是我喜欢的女人）六个单词后销声匿迹的男友Booker，终于说出折磨了她几十年的秘密，为良心松了绑。六岁时为了取悦一直嫌弃她皮肤乌黑，从来不愿碰她的母亲，也为了母亲牵一牵自己的手，Bride才说了谎，指认无辜的小学老师索菲亚猥亵，使其在监狱服了十五年刑。而男友Booker了解了她为什么愿意同情一个猥亵儿童的罪犯的缘由，也选择原谅了她，最终从哥哥被一位连环杀手绑架、折磨并谋杀的阴影中走出来，两人尽释前嫌，共同期待一个新生命的诞生，并期许他一个“没有歧视，没有打骂，没有虐待，没有侮辱，没有自我鄙视”的生命远景。而结尾处女儿写给母亲那封永远隐去来信地址的报喜的信，展现出莫里森小说一贯具有的让人浮想联翩的结尾。然而这部小说也有遗憾，一是莫里森对魔幻现实主义手法的运用，没有了之前的自然天成或清晰的逻辑，读出了牵强和故意，即主人公 Bride 在寻找男友的路上误入森林里的小路，发生车祸，被隐居在那里的白人夫妇救助后留在那里医伤，却发现自己的体毛完全脱落，之前丰满的胸部也一夜之间变得扁平。若不熟悉她之前小说一贯的风格，这种魔幻性的运用让人觉出莫名其妙的做作。二是女主人公的成长，尤其是对她成功创业过程的全然省略，让这本小说表现得简洁、精悍的同时，也多了些许匆忙感。

下午 3 点半，和泓一起外出散步，专门去了每天坐车经过的那个诱人的绿色高尔夫球场。球场的四周有栏杆封闭，外人不能随便涉足。我们土得说不出高尔夫的名堂，讲不出规则，只沿着这个看不到边际的高级休闲场地漫步，对着修整得如绿色地毯一样起伏宽广的超大草坪、椭圆形的沙坑、闪着粼粼波光的湖发呆，讨论着从事这种球类运动应有的乐趣、人群的范围、入会的价格。

我们从球场的边缘穿过，来到一个全新的社区，又一次被那里庭前屋后的花花草草所吸引，漫步在花园似的小街上，颇有点“梦里不知身是客，一晌贪欢”的快感。

我们接着坐车去了校园边上的查尔斯河边散步，河边的水仙已败，樱花正在盛开，河面上野鸭戏水，河岸上人群漫游，春风春光春景春意，弥漫成盎然、融融的气息。所谓的太平盛世大概也就是这种悠然祥和的景致吧，只可惜阴云遮住了半边天，河面少了往日的蓝。

晚上 6 点我坐车返回。

有点乐不思蜀

我上午在家休息洗衣物，一直在纠结晚上要不要跟Debra参加一个黑人活动，上次见面时说好的，这么多天过去了，要不是昨天她打电话提醒，我早忘了。因和朋友们约好，明天6点半出发要去 Georges Island（乔治亚岛）坐免费的渡轮游大西洋，担心每天这么多活动太累，所以当时没说定，下午5点多发短信给 Debra，无奈地说了谎，说我们在罗莱岛赶不回来。“没关系，亲爱的，下次还有个更盛大的活动，到时候我来接你”，用谎言应对别人的善良、热情和用心，让我很是忐忑。

本周的出游活动太多，快乐的同时也有不安。一周内都没怎么看书，大好春光，不管是在图书馆埋头读书还是潇洒出游，都觉得是在浪费时间，每次还总得费心地给自己找各种或学习或出游的借口，以求心安。

我午饭后去了学校，校园里的各种树终于都长出了嫩叶，大部分草地也已绿成地毯，五颜六色的椅子相继摆放回草坪，本来就活力无限的校园气氛因此有了更多的生动。

我记错了时间，误了 Lida 前天推荐的哈佛人类学专业的会议，只好去图书馆扫描完两本书并归还后返回，路上顺便去了趟超市，买了明天要带的水果和干粮。

晚上我给研究中心的秘书 Krishna 发了邮件，让她开始准备我的鉴定证明信。期末将至，这是学校正式放假前必须完成的一件事，好及时寄往中国驻纽约大使馆，让他们开具访学人员的回国证明和机票的预订。一想到还有三个多月就可以返回真正的家，不敢认真回顾学术上有没有长进，只知道结交了一大帮朋友，出外游玩的脚步似乎从未停，还是激动大于不舍，至少是现在。

春光乍泄

昨晚下了一点雨，把窗外树上的嫩叶刷得格外青翠。长长的冬季终于过去了，窗外越来越多的绿让我回想起了刚搬来的九月初。看着时间在日出日落、花开花谢间悄然滑动，才意识到一年的真正长度，时间快得几乎让人听到了脚步声。

我下午 1 点来到学校，校园里乍泄的春光，美得让人不忍心待在图书馆里看白纸黑字。匆匆扫描完两本书后，我独自在校园里散步转悠。一座座古老的哈佛红楼，在翠青的树叶、洁白的云、透亮的阳光、碧蓝的天的映衬下，梦幻般美丽。不管是匆匆路过的学生，还是漫步校园的游客，时时有人停下脚步，拿出手机拍照。哈佛校园这种纯粹、高贵和典雅的外在美，实在足以撑起它辉煌的学术成就，足以盛放它三百多年绵长的历史，足以收纳人类智慧的锋芒，足以健壮飞往未来的翅膀。这样的校园景致，大概才配得上所谓的风范、精魂、磅礴气势和强大气场吧。

校长办公楼前，仍然有学生在打着横幅静坐，敦促校长出台措施，立即撤出浪费能源的投资。期末考试将至，静坐的学生们也没忘拿本书复习功课。这样的时候还有心思关心属于全人类的地球，不同的文化确实能孕育出不同的个性特征。

我下午4点回家之前，乘地铁去了趟韩国超市，买了不少中国特色的蔬菜。韩国超市在美国口碑很好，尽管价位高一些，但物品精致，质量上乘，尤其是门口专柜里摆放的各种小吃、蛋糕，卖相好得看一眼都会咽口水。

晚饭后7点，一人外出散步，社区大部分花已经凋谢，只剩下整树的整树丁香、梨花和海棠还在春天里怒放，释放出一阵阵醇香。最抢眼的当属层层叠叠撑满半边天的绿：嫩绿、浅绿、青绿、翠绿、墨绿，应有尽有，无处不有。透过小路上绿色的屏障，遥望白云蓝天，努力想象着天堂的模样。周围一片寂静，草丛中尚没有昆虫嘤嘤，树枝上却有小鸟低唱；偶尔从谁家的房檐下，会传出几声喵喵的猫叫；路上偶遇遛狗的人，都会微笑着轻声说声“嗨”；疾驰的车放慢速度戛然而止，司机露出骨子里的绅士表情，示意路人先行。那一刻，体悟到什么叫“国泰民安”！

静谧和绿色是环境的主色调，大概只有绿色，配得上周围的安静，也只有这样的安静里才能酝酿出绿色；或者说绿色释放着安宁，安宁包裹起绿色。走在这样的氛围里，似乎脑子里想什么都不合时宜，只好四处张望，想着“想”本身。

晚上我才顾上查邮件，那封写给Toni Morrison的信被导师大大地夸赞了一番，尽管明白夸奖别人是美国人最基本的修养，但依然很自喜。之前我很少表扬学生，给学生上课经常说的一句话是，“我只讲缺点，没说的都是你们的优点”。看来，以后要学着强调学生们的长处，让他们在夸赞中愉悦地学习和成长。

水墨春光

早上的气温是12 ℃，我9点去学校，穿着毛衣还觉得冷。10点整按约定去学院拿导师签过字的访学评语证明。Velmont在她的办公桌上拿起一个信封，一切搞定。Velmont是院里负责日常事务的办公人员，看起来30多岁的黑人女性，每次看到她都微笑得像朵黑色的花，精神饱满，热情大方。聊起她为什么每天总这么高兴，她说很喜欢并享受自己的工作。对本职工作的爱，是美国大部分人的工作状态，不管是超市里的收银员，饭店里的服务员，还是图书馆里的管理员，公共场合的导游员，更不用说那些做义工的志愿者，他们大多热情、耐心，态度温和，挂在脸上的乐似乎全是多年美梦成真后的喜悦。毫不夸张地说，在美国去银行、邮局或政府部门办事，会是一种享受，能体会到被体谅、受尊重的满足。所谓的喜形于色，大多出自积极的心态和工作态度，他们所从事的职业或工作，大部分应该是出于自愿选择而非迫于无奈，爱之才能乐之，这是我们民族当下最需要的一种从业态度。

上午10点半我去图书馆看书，不知怎么地不停打喷嚏，眼睛酸得不能看电脑，坚持到12点，下楼吃过饭后，靠在大厅的沙发上小睡了一会儿，依然没有好转，不得不放弃和朋友们约定好参加的晚上7点在Memorial Church（纪念教堂）前由学生举办的尼泊尔赈灾活动，才下午1点多就直接坐车返回，睡到了下午4点半。

晚饭后我出去散步，还是常去的草坪，偌大的绿色草坪只有几位带着儿子踢足球的父亲，几位遛狗的女士。相对于和朋友们一起散步，更喜欢一人绕草坪放空心思一圈圈地漫游。看着天边的云慢慢变淡，由橘红到淡红，由浅灰到深灰，再一点点变成黑灰，直到成为挂在天边的一副水墨画，尤其是手机镜头里那若隐若现的灯火，都会成为心里抹不去的记忆。夕阳隐去的地方，应该是传说中的远方吧！每次看到类似的景致，总会有无限的遐想，总觉得那里有种魔幻般的召唤，心里会有种莫名的悸动、期待和实实在在的向往，但却说不清到底向往、期待什么。这是对现状的不满，还是对未来的贪念，不得而知。

晚上 8 点回家前，我和一位遛狗的黑人聊了几句。Belmont 是波士顿公认的富人居住区，很少有黑人居住，能住在这里的黑人一定是事业有成的中产阶级。这位男士具备黑人特有的爽朗的笑和苍苍的音质、音色，还有黑人特有的热情。主人和两只可爱的小狗的名字都不记得了，但那只漂亮的金黄色秋田犬却激发起我再次养狗的兴趣。

睡觉前单曲循环的是邓丽君和王菲隔空演唱的李白的《清平调》。词、曲、唱严丝合缝融浑于一体，一个深情款款，一个迷离温婉。前者是浅浅的甜，悦耳，唱出的是娇、是宠；后者是幽幽的婉，穿心，唱出的是道、是悟。邓丽君的情歌，有时甜得有点作，有点腻，有点人为的故意；而王菲对歌曲的诠释，总有一种顿悟后的自然天成，能直达平时读书或思考都无法碰触到的地方。悟是一种常人不易达到的境界，王菲就在那里。

Nixie 有话对我说

雨天会影响心情！今天不打算出门，下午校园科学中心广场举办的冰淇淋展果断放弃，通告说出示 ID（身份证），可以随便吃。曾经想去，不是对冰淇淋感兴趣，是对波士顿花里胡哨的活动好奇！果然圈子里人去了不少，一边感叹冰凉，一边兴奋地晒快乐。

来美国快一年了，见识了美国让人眼花缭乱的各种文化活动。波士顿这样的文化都市，哈佛这样的超级大学，只要你有精力、有时间、有闲情，每天五花八门的活动，即使分身有术恐怕也经历不完。临近毕业季，各个院系都有毕业典礼，都有明星级的教授出场，都有特色绝活秀。与此同时，适合长途旅游的长暑假临近，于是上午圈子里各种攻略都在紧张地进行中。有人在组织七八月份的美国自驾游，有人在排列组合期末各项活动，热闹得不亦乐乎。一上午的时间就是这样被“滴、滴、滴”的手机微信声切割成碎片，无法集中心思看书。

中雨下了大半天，下午 5 点天放晴，窗外的清爽空气和碧绿十分诱人，放下手边翻了几页的书，独自一人去散步。今天是周二，明天是附近几个街区收集垃圾的时间，家家户户门前都放着从家里搬出来的垃圾箱、垃圾袋。之前也曾感叹过这里居民的环保意识，他们不仅会将垃圾仔细地分门别类，还会把用过的所有瓶瓶罐罐都冲洗得干干净净才丢弃。今天散步，随手拍几张美国人扔的垃圾，希望能学来他们的这种意识和自觉。

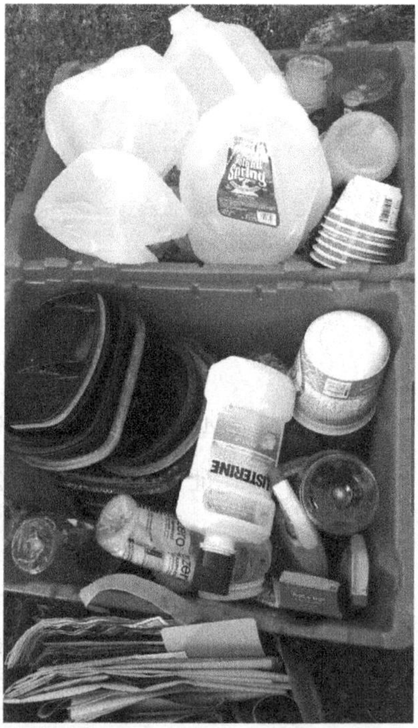

骤雨初歇，柔和的光线撒满大地，把树叶、春花和绿草上的露珠映得剔透晶莹。存在即是美。水滴抓住短暂的生命流程，炫耀着只属于自己的精彩，灵动而美！遭冷落、受漠视、不被认可又怎样？活出自己就是赢家。

Emma 上周五已经放假，就等着 27 日盛大的毕业大 party（聚会）了。今天在家里办同学小聚，家里的猫可能害怕陌生人，乖乖地跟着我上楼走进房间，不知想表达什么意思，不仅用它的头撞我的腿，还用爪子拍打我的脚面。是真正的拍打，连续啪啪地拍完两下后，再后退，再拍两下，又后退。我被猫的可爱逗乐了！可惜不懂猫语，理解不了它的用意。还是不太习惯直视猫的眼睛，总觉得里面闪着阴森森的诡异和神秘。Nixie 是个非常聪明的猫咪，平时如果 Lida 或 Emma 在家，它绝对不会理我。但凡她们不在家，只要听到开门声，它准会喵喵地叫着跟着我，看着我，等着我喂它。从它的态度里可以准确地判断出 Lida 娘儿俩是否在家。它刚才那几次啪啪的拍打，大大改变了我对猫的看法。

害怕告别

昨天和日本朋友 Yuri 约好一起吃午饭，就上周错过的美国文学年会以及采访莫里森的事情聊聊天，征求她一些意见。10 点半出发去学校，公交今日离奇晚点 30 分钟，本想待在图书馆，努力找回状态，看几眼书以弥补不安，结果到达学校已经 11 点半。

我出发前回了几封邮件，首先是为房东的女儿 Emma 写了毕业纪念册上的留言，因娘儿俩都属猪，特意选了网易邮箱中母子猪的背景画面。

Gilda 有邮件来，希望能陪我一起去见莫里森，要我一定转告莫里森的助理她是画家，且一直从事黑人文化文学研究。想必不可以随便带人去吧，有点为难，但偷偷自恋，美国小有名气的画家也请求我捎带一起会见大咖，醉了。

Debra 发来邮件，希望能有机会再见面，且继续贴上她毕业于马萨诸塞大学的女儿的毕业照，看到了照片上肤色很黑且长相神似的幸福的一家四口，今年毕业的其实是她家的老三。根据美国文化传统，毕业典礼是一生的大事，父母、配偶、兄弟姐妹甚至闺蜜挚友都会设法来祝贺，所以据官方报道昨天的哈佛校园有4万多名来自世界各地的毕业生家人。Debra 还提到了毕业典礼上一位中国残疾人嘉宾，于是发微信问了在那里访学的朋友仝，那里还有20世纪80年代被树为青年人楷模的张海迪出席。至于她怎么会被邀请来当嘉宾，朋友仝也搞不清楚。

还有一封纽约大使馆发来的邮件，提醒我访学时间就剩三个月了，可以开始办理回国人员证明所需的材料并预订机票，这才意识到回家的时间真的快到了！说不清是喜悦还是懊恼，反正从小到现在，和谁说再见对我来说都像一场灾难。跟朋友们聊起过上高中前只要换同桌，自己几乎每次都会偷偷抹眼泪，学生每年毕业离校的那几天都会心情沉重，有不明不白的失落和不舍，结果被她们狂鄙视，随便说我滥情、煽情还是多情吧！反正从娘胎里带来的天性轻易改不了！

林清玄说过这样一句话：幸好，人生有离别。如果没有离别，人就不能真正珍惜相聚的时刻；如果没有离别，人间就再也没有重逢的喜悦。认同的同时也想知道，他这样说考虑过那种酸酸的感觉吗？如果那种有点失落、有点心塞、有点无奈、有点烦躁、有点沮丧、有点无所适从的经历，就是为了相聚、重逢和喜悦而淡化或无视生命中那一次次过程，对于我，喜悦的代价是否有点大？害怕告别。

12点整在 Widener 图书馆前和 Yuri 碰面，然后一起去了 yard（广场）旁边的燕京饭店吃中国餐。席间聊到她幸福的家，九岁的女儿跟她一起来美国，丈夫在日本。她目前正在忙着博士论文，同时还在做着两本书的翻译。她曾经是中学的英语教师，后来读了硕士，为了读博士辞了职，明年毕业还得重新找工作。平时压力太大，出来聊聊天对她来说是放松、是解压。共同商定下一次一起请导师吃饭，接近下午2点我们道别再见。

我饭后重回图书馆，今天里面参观的客人很多，大多是毕业生带着家长、朋友进来的，人们都小心翼翼地放慢放轻脚步，带着好奇四处瞧着这个世界第三大储存知识、吸取知识的地方。

晚上6点半，和朋友们一起在Memorial Church（纪念教堂）参加了政府学院的毕业庆祝活动，院方请来的是本院毕业的一些政界、商界大咖校友，帮毕业生拓展人脉。

我晚上8点半返回。

又一天没有读书，罪过。

散伙记

今天是 New Balance 运动鞋店最后一天打折，上午 10 点和泓一起转乘两次公交，费时一个半小时来到鞋店，顾客不少。我们千挑万拣，买了两双，算是对得起朋友圈里的信息。美国的商店经常有五花八门的折扣价，有季节性的，有节日性的，也有几个小时限购的，只要有精力、时间关注这些信息，还是可以节省不少美元呢。不过世上的商家都一样，用小恩小惠换取最大的利益，让买家在狂喜中打开钱包。

下午 1 点我冒雨返回，Laura 在忙着打点行装今天搬家，Lida 也在楼下清理家用书籍，本月底我们这个同一屋檐下生活了近一年的“家”就要散了，整个屋内有种战争来临前大撤退的滋味。

近三个月来，Laura 都是半夜 1 点下班回家，下午 2 点起床去上班，几乎不在家里做饭，基本上见不着面。她提前搬走，主要考虑到不用半夜三更坐公交。下午帮她收拾行李、搬纸箱，聊了聊彼此的近况，互送祝福，拥抱送别了这个生活有点坎坷的法国姑娘，祈愿她今后的路走得顺畅。

下午 5 点半和 Lida 一起去超市，才知道她和 Laura 之间有不和，Laura 竟没有正式告知 Lida 今日搬家。难怪她只是把床上用品塞在洗衣机内，交代我晚上帮她放进烘干机里处理，冰箱里那些已经放坏了的东西根本没清理。不管怎样，道个别还是应该的吧。Laura 的个性确实让人捉摸不透，有时表现得幽默机智，有时又会极端偏执；头发一个月洗一次，屋内满地狼藉，喝水的杯子、吃饭的碗，通常堆成一摞后才搬下楼；除了时而跟母亲视频，几乎没有社交；打两份工挣钱不少，却又常常捉襟见肘，交不起房租。有时会想，三十多岁的姑娘，有份工作，又没有家庭、孩子拖累，节假日不是应该休闲、逛街、参加派对，或者和朋友们远足野营看云卷云舒吗？Laura 目前的生活，至少从表面上看没有多少色彩，愿她有个幸福的未来！

Lida 也在为找房子发愁，说先前看好的房子又涨了价，接下来的一个月内还得继续寻找房源。55 岁的女性，有个 65 岁的律师男友，有个即将离家上大学的女儿，没有完整的婚姻、完整的家，没有属于自己的房子，干着一份并不轻松的工作，孑然一身的 Lida，却没有想象中的愁与苦，整天轻松自如，活得潇潇洒洒。她为了七月初希腊七日游，学起希腊语来劲头十足，不亦乐乎。不得不承认，态度主宰着生命里的幸福！

送别儒雅博学的杨老师

我昨晚半夜醒来，嗓子痛得冒烟。早上5点爬起来吃感冒药，一上午头昏脑涨，什么事也做不了。早已经约好今天和朋友们聚餐，为林送行，她一并叫上了深圳的在李连杰壹基金供职的杨鹏一家，地点选择在1712 Massachusetts Ave，Cambridge，MA 02138的常熟饭店，这是一家在Cambridge（剑桥）有名的中国餐厅，距离哈佛yard（广场）大概有3.2千米的路程。于是11点出发，正点时人已到齐，每人点一道自己喜欢的菜，味道不错，只是相对于其他几家中国餐厅，量少了些，席间没有聊起离别的话题，而是自然说起国内的各种不尽如人意的现实、现象和现状，各自都以卑微之躯，忧着祖国的民生国计，仿佛自己可以做成什么事似的。其实暂时跳出了一个习以为常的生活圈子，在国外工作生活的人，会时常把自己耳闻目睹的人文、自然环境和国内做对比，但这对比中，并没有嫌弃自己的国家，不是不愿维护祖国的声望和尊严，而是一种恨其不幸怒其不争的复杂情怀。这些或对比或抱怨或担忧或期待，皆出自一种良好的出发点。就我们这个超过80人的哈佛访学圈子而言，每当聊到“我们国家”，语气里的爱护、疼惜总会大于憎恶和讨厌，总会有无言的希望和满满的期盼。下午2点多聚餐结束，加上20%的小费，共149美元。入乡随俗，AA制。

杨先生一家，看起来年龄明显很小的妻子也像杨一样能干，是腾讯新闻部的负责人，怀里抱着的刚满六个月的小女儿，是在美国出生的，是我们这一桌里唯一的美国人。一家人在今年的二月份正式受洗，成为基督徒，还特意给感恩节出生的女儿起了一个知性的名字恩谛，据说他还有个儿子在国内上大学。杨老师在国内一直做慈善基金这一块，专业曾是中国古代文化研究，研究方向是老子。来到哈佛后发现有关道德经的60多个版本，多多少少都有问题，所以决定亲自操刀，翻译传播道德经，目前这项任务已经完成，正联系出版社出版。杨老师本人儒雅、博学、多识，思想深刻、有见地。只要谈起道德经，总是滔滔不绝。缓慢的语速里全是深刻的思想和智慧。六月底回国，九月份返回哈佛继续他的道教研究。两个高智商的人结缘，应该是社会的一大幸事。

席间因感冒药的催眠作用，我必须努力才能保持眼睛睁着。尽管对大家谈话的主题很感兴趣，但脑子不清无法参与。结束后我穿过哈佛法学院回到Widener图书馆，扫描了一本书后返回。放假期间，哈佛图书馆除了周日和晚上，一切照常，人来人往。渴求知识本来就不分时间。

傍晚时分下了场不小的雷阵雨，待在屋内直到9点，喝药休息。咽喉的痛感有所减轻，但烧还没退，祈祷感冒快点好。

Lida 最恨搬家

上午我关着门在屋里用功，也挡不住 Lida 在外面整理杂物的声响，强迫自己集中精力，不让这种有点像大逃亡的气氛影响到心情。周末是她难得的空闲时间，尽管离搬家还有两周，她不得不利用一切时间，开始归总所有的杂物了。Lida 曾说过最恨搬家，原因是婚前就有过六段认真对待过的恋爱经历，告别旧的男友，从一个地方搬到另一个地方；婚后先是从前夫家搬离，再从另一位前男友家搬到这里，如今又得从这里搬走。不管出于什么样的无奈，家的搬迁，岂止是看得见的物质的位移，那应该是一场精神、情感的大劫难。不顺眼、不顺心的衣物、家具可以遗弃，但情感却是岁月刻在心里的印记，曾经留驻在那里的人、情、物、景和时空，不受伤、不滴血怎可能搬得动？即使是那些如烟随风的不堪往事，不也曾是凝结在生命里的时间吗？单单逃离过去就够伤神，更不用说还有需要面对的未知。谁又能保证“人挪活”？

今天我才慢慢找回了读书的感觉，有点享受清早起来专注于某一专题的阅读和思考。心情不错，午饭做了米饭，还凭想象把买回来半个月的排骨做成糖醋味道！好在一上午没有白费，也算对得起一顿不错的午餐。

午休后我阅读到下午5点半，也禁不住开始收拾自己的东西。快十个月的异国生活，新买的不多，带来的不少，不再穿的厚衣服很快就占满了一个中型行李箱。

晚上8点太阳还没落，出去散步，用心感受着独自在草坪上毫无目的、不讲方向的漫步。独处的妙处就在于能够放空大脑，什么都可以想，什么也都可以不想。树荫里轻柔的鸟叫，草地里微微的虫鸣，深巷里浅浅的狗吠，窗户里孩子们的欢笑，都能瞬间带着你的思绪飞往想去的时空，自由、随心、随性。有点冰凉的露水打湿了脚，没有情绪的情绪拥满了脑，说不清这样的宁静是好还是不好，就这样恣意挥霍着时间，把繁复的生命压缩成简单。

晚上9点我返回，和同事姜聊了会，共同感叹着白驹过隙的时间，相约明天去查尔斯河看赛龙舟。我看了两集美剧，打发掉难熬的周末。

未雨绸缪

昨晚后半夜开始的中雨，下了一整天，最高温度14 ℃，上午我在屋内看书，冻脚。这种直上直下的气温差让人无语。

今天的基本任务是在网上看莫里森之前的采访视频，时间跨度从两个月前到十几年前的2001年。有各类大人物对她的采访，问的问题五花八门，重复率也不小。85岁高龄的她，声音依然像年轻人一样清脆，听不出任何沧桑。敏锐的思维没变，讲话的节奏和力度没变，快速的反应和深刻的思想没变。话题除了涉及她不同时期的作品外，重复较多的，是她改名字的原因，她小时候的生长环境，她的大学生活，她的创作习惯，她的作息时间，她成为作家之前几十年的编辑和教师生涯等，也有一些深层次地聊她的某一作品的选材、主题、人物的访谈。想要尽量避免她已经回答腻了的问题，必须认真研究每一次访谈内容，熟悉她的基本态度、习惯和喜好，感觉需要做的准备工作越来越多，开始有了压力。

有朋友发微信提醒，雅诗兰黛官网近日有活动，买够35美元的物品送价值35美元的礼品，还免运费。我刚好眼霜用完，晚饭前上网注册、购买，不到十分钟搞定，23日送达。

晚上和女儿视频，今天是她实习的第一天，说部门经理人很nice（好），下午orientation（任职培训）结束后直接下班，不像有的部门已经开始做具体的工作了，感觉还不错。女儿强调说，在亚马逊上班，老板人好不好、和同事关系好不好、甚至自己的脾性态度好不好都不是最重要，他们看的是你的业绩，凭的是实力。说着说着又露出她惯常的天真，总会在还没拿到钱时就开始计划开销，说她们的工资是每半个月发一次，实习这半年，她可以挣人民币12万元多，准备怎么怎么花。不想影响她上班的新奇、新鲜，不愿打击她心中的好梦，美国人不傻，亚马逊的人更精，需要付出多少才能换来这12万元，她可曾算过？

任何人的成功都无法复制，要想真正把一件事做到精致，靠的是自己的智能、勤奋、努力、悟性，别人的意见、建议，甚至经历、经验和教训这类纯属个人的东西，基本没有参考价值。愿女儿在工作中顺利成长！

他乡会老友

上午我继续宅在屋内，看莫里森采访视频，越看越有一种久违了的熟悉和喜爱。近两三年来兴趣范围锁定在整个黑人文学，少了对其本人及其作品的深度关注，看着她采访中不断谈起的小说主题、人物，忽然有种强烈的向往。她和她的小说，是我笔耕文学批评开始的地方。小说文本里那些充满悲剧性而又个性十足的人物，节奏感极强又不乏抒情的诗一样的语言，魔幻般变化着的叙事角度，尤其是每部小说读完后油然而生的郁闷、纠结、烦躁、期待、失落的结尾，都能让人体会并享受到文学艺术的力量和美。每年的讲座都会选她为主题，期望所有的学生认识、了解并喜欢她的作品；给本科生讲英国文学，只要讲起小说，也都会把她的作品拿来做对比；研究生的黑人文学课，把她留在最后，而且每次总有种舍不得拿出来说的小气和贪。从小到大，读过的各国小说不下百部，只有对她的小说情有独钟。

我抵挡不住诱惑，下午去学校，借回来六本有关莫里森的书，明白回国前很可能读不完，先暂时满足一下当下的热情和心愿吧。

午饭后我去学校，先去了燕京学社，帮去西雅图旅游的朋友泓把她的一封信放进导师的邮箱里。燕京楼内空荡荡的，一如既往的干净和安静，办公室有人值班，图书馆只有几个管理员。不过和这里空寂的气氛不同的是，yard（广场）内的 Widener 图书馆里人来人往，丝毫看不出是假期，借书、还书和读书的教授、学者、学生分布在图书馆的每个角落。本周五是 Widener 建馆百年大庆活动，昨天收到哈佛校长向全体人员发的提醒通知邮件。图书馆正门前今天已经挂出了红色的巨幅标语，很期待周五这场百年一遇的庆典！

下午去哈佛还有一个最重要的约会！之前在英国访学时认识的好友 May，两周前来 MIT（麻省理工大学）参加学术会议，约好下午 4 点见面。May 来自河北省石家庄市的一所大学，计算机专业，当年在英国访学时她还只有硕士文凭，专业很强，英语却说得很一般。今天才知道，当年说再见时她的那句“我还会回来的”，被她第二年申请在北爱尔兰读博士实现了！她那样的英语水平，三年在英国读完计算机专业博士，不敢想象她付出多少努力，专业水平又该是多么了不起！七八年不见了，May没什么大的变化，比之前的纯书生气多了点时尚、洋气的元素，英语水平明显见长。说话还是带着浓浓的河北腔，语速还是那样的不紧不慢，走路还是那样的慢条斯理，她身上的“快”大概都被她的超级智商和思维抢去了吧。May的儿子已经大学毕业，在大连上班。她如今的日子，过得轻松惬意，学问做得红红火火。

晚上6点May要返回MIT（麻省理工大学）参加会议，时间有限，两人坐在校园的椅子上，聊聊过去的七八年光景，选不同的景点拍拍照，在地铁口有点不舍地说了再见！感谢朋友May，在开会的空余抽时间来哈佛匆匆相聚；感谢缘分，让我们可以在地球的另一边再次相见。祝福朋友，愿她今生一切遂愿！

惊魂未定

Lida 昨晚去了 Paul 家，Emma 出去旅游，整个 house（房子）就剩下我和跟在身后喵喵叫的猫了。气温 16 ℃，关了窗户午休，经历了一次传说中的“鬼压床”。半睡半醒间，意识到时间已经不早，该起床看书了，但总是醒不来，强迫自己挣眼，甚至都看见枕边书的封面，只是手脚都动不了，还不断产生错觉，觉得自己明明已经坐起来，明明已经下床，一瞬间又意识到还躺在床上，于是开始盼望外面能有警笛声，有车过，有鸟叫，有猫来拍门（主人家猫的习惯），有电话打进来，或者不管什么可以发出点声响，把自己彻底吵醒，一种压倒人的绝望。那一刻竟还知道自我安慰，告诉自己醒不来就继续睡，不用着急，反正又没有什么要紧的事情做，但却还是继续挣扎着睁眼睛，一种强烈地想要醒来的冲动。谢天谢地，外面有火警车呼啸而过，终于从懵懂中醒来，赶紧坐起身，生怕又昏睡过去！时间是下午 3 点整，没有想象中那么晚，身体疲惫，头脑还没有睡前清醒。

不敢细想到底是怎么回事儿，应该是外面天已晴，太阳高照，温度回升，而我却关着窗户、捂着被子，室内缺氧导致的吧。以后午休，一定记着设置闹钟铃声，那种好似世界末日来临前的绝望和挣扎，想来都有点怕。

下午6点，约住在附近的朋友谷出来散步。谷现就职于徐州的江苏师范大学，艺术史专业，本科读的是美术专业的专升本。为了摆脱这个越来越不招人待见的第一学历，她和老公一直两地分居，读完硕士读博士，现在还在做博士后，今年必须出站，论文还没写完，正高还没解决，儿子暂由母亲管着，今年参加中考。谷这几天颈椎病犯了，左臂、左脚都有反应，压力很大。她让人羡慕的苗条的身材，原来还有来自工作压力的功劳。

谷说随着学历的提高，学术研究范围却越来越窄，她已经十年没动过画笔了，而她当年专科毕业还在画画的同学，有的已经住上了豪华别墅，一幅画可以卖到上千或上万，而好强的自己却一头扎进艺术史和艺术理论的迷宫里，像个无头苍蝇似的东飞西撞，至今还未找到出口。

不过谷谈得最多的，还是她为了中考，年前不得不回国的帅气的儿子！她口中不停唠叨儿子的兴趣、爱好、性格、习惯等话题，弥散出一位当妈的自豪和牵挂。做个女博士、女教授身份的妈，容易吗？

一个半小时后我回家，第一房东带下个租户来看房，客居在这里的时间就剩半个月了，需要面对的又一个再见悄然逼近！

回国季开始了

上午10点，来自西安的朋友清发来微信，内容如下：“我今天就离开波士顿了。很抱歉，没提前给你说具体时间是怕你还要组织聚会之类的，实在不想给你添麻烦。再见了，过一阵如果波士顿见不到，咱们就国内见了。”

朋友清，本科毕业于吉林大学外语系，在西安科技大学教公共外语，主要做翻译实践，也做一些比较文学研究。一见如故是因为她身上散发出的明显的陕西人的特质：耿直、善良、果敢、务实、不做作；还因为年龄相当，她女儿与我女儿同岁，也在美国读研，共同语言和话题很多。初次和她相识于霍米·巴巴的讲座上，之后我们经常一起听讲座、参加哈佛活动、出外购物、旅游，留下的印象全是缘分带来的和谐、融洽和快乐。

朋友泓去西雅图旅游前，我们已经商定好为共同的朋友送行，连细节都商定好了，清今天去纽约女儿那里，然后直接回国，完全出乎我们这帮朋友们的意料。打电话抱怨了她半天不该这样，她直接盗用我说过的话“请鄙视”。

挂了电话我再也无法读书，心里很不是滋味，一边瞧不起自己的脆弱，一边不断回忆起我们一起疯玩的很多美好。

暑期变成了回国季，朋友们纷纷归巢，让没出息的我百感交集！真应该把自己的回国日期提前，这样不至于一次次地伤感。其实心里明白，也许自己在朋友们的眼中很可能只是路人甲，但就是无法做到那么潇洒地把他们的存在当作一次路过。烟火会灭，宴席总会散，连生命都有限，还有什么舍不得？当代作家麦加在《风声》里曾绝望地说，“时间会销蚀世间所有人为的颜色，包括最深刻、最经典的爱恨情仇。”既然如此，友谊还有什么好说的，我尝试着这样安慰自己。

Lida 两周后也将搬走，昨晚还聊起了 say goodbye（离别）的话题，她比我还脆弱，眼泪汪汪的，于是我们商定正式搬走之前，谁都不再提此话题。

曾经很认真地想过自己这种心理，是浅薄的矫情、是感性的表现、是钟情于过去、是不愿忘记曾经的自己、还是仅仅有些悲观？没有答案，也就注

定积习难改，只能暗自羡慕那些聚时欢笑散也乐的人。只是怎么也想不通别人是怎样把离别修炼成无动于衷或不动声色，怎样做到无视写满回忆的生活，又怎样避免再也见不着面的想念。

晚上7点，太阳拖着黯淡的步子西斜，暮色默默地爬上了书桌，寂寞的感觉被Lida的短信打断，说好今天要载我去附近的stabler制作名片。带着自己填充完整的内容，在店员的帮助下制作完成，选择了单面彩色50张，共20美元。Lida主动给店员小费，被我拦回，偷偷问了她价码，5到10美元，所以故作大方地给了7美元小费，只等明天来取回。之后我们来到连锁超市whole food，买来蔬菜、水果，返回住处已经晚上9点。

由衷感谢下班回到家已经疲惫不堪的Lida，任何时候只要张口询问信息，她总会竭尽所能帮忙到底！这种人格，值得我心悦诚服地学习。

只缘身在此山中

周日的早上，我5点钟就醒了。窗外下着中雨，听不到平时分贝有点高的鸟叫声，黑沉沉的天隔着窗户也给人带来一种压抑感。不想接着睡也不想起床，打开电脑听歌，跟着乐曲神游。

9点过半，D发来一张家里茶具的照片，他一人在家饮茶，那个位置是我经常坐的地方，真实、熟悉、亲切，立即回应"想喝、想茶、想家"；D又发来家里我养的花，长得很茁壮；聊着女儿的近况。不是任何东西都需要丰富，平和、简单也是幸福。

大约10点钟，燕京学社的作家张凤打来电话，就和我们的微信圈合作问题商量了一些事情。之前对这个名字早有耳闻，来哈佛之后一直没有机会拜访她，Widener图书馆百年庆典时见过面，答应留我们圈子的第100名成员的位置给她，以示重视和欢迎。出生在台湾的张凤，是哈佛中国文化工作坊、哈佛中国文化研讨会主持人，北美华文作家协会秘书长。33年前，她随丈夫黄绍光博士来到哈佛大学，后来进入哈佛燕京图书馆编目组工作，开始了研究哈佛大学百年华裔精英的学术路。其间她写就了关于哈佛的一系列书籍，并被评论家称为海外华文作家书写哈佛第一人。2005 年后，以色列裔的文化学者李欧梵教授创立了哈佛中国文化工作坊，张凤理所当然地成为工作坊的主持人。该工作坊以哈佛为基地，为前来哈佛的学者提供交流平台，期望把华人学者的汉学研究与哈佛相连接。历史学出身的张凤，著有《哈佛哈佛》《哈佛心影录》《哈佛缘》等书，新作《哈佛问学录》2014 年一问世便在华人圈里引起不小的轰动。

我们电话聊了十几分钟，张凤教授的谦卑、坦诚和认真让人印象深刻。聊了我来哈佛的一些收获和工作，她答应接受一次专访，具体时间通过邮件再商定。

下午 4 点约泓去爬 Belmont Hill。这是站在我的窗户前每日都能看见的小山，夏天参差茂密的大树，勾出不少幻想。雨后的下午，空气异常清新，时而有太阳的强光穿过头顶直射下来，有种烘烤般的热。我们没有打探详情，周日也没有人可以问路，朝着森林的方向，朝着一条大路试探着走向山顶。沿路爬上一个陡坡，眼前豁然出现一片几乎看不到头的绿地。除了没有那么多七彩的花，和想象中爱丽丝漫游的奇境一样美。

远处只能看到露出小尖儿的别墅，神秘而莫测；天上是半日中雨冲刷过后耀眼的白和蓝；草坪的中间突兀地长着几棵大树，粗壮的树干、伞状的树冠，凸显出它们年轮的沧桑感。这是世外桃源还是天上的乐园，竟可以这样深藏不露？没法停下脚步，我们继续寻路，因为目的是爬山。

终于在一个路口碰到一对散步的老年夫妇，上前一问，原来 Belmont Hill 其实根本不是什么山，只是我们脚下的这片高地，高地的四周是保存完好的野生森林。而距离最近的几幢美得像童话世界的建筑，原来是一所医院。医院选在这样一个如诗如画的自然环境，难道是在鼓励健康的人生病？我们这样打趣地说着。

隔条马路，是另一片大得似乎无边的草地，零星地长着几棵果树，零星的有几栋别墅，零星地长着些小野花……这算不算荷尔德林笔下那种适合“诗意栖居”的地方？

我在窗户前远眺了大半年，幻想了大半年，期待了大半年的所谓山，原来只是高高的土坡上的茂密的森林而已，而脚下这块不想急着离开的草地，就是想象的世界里“山的那边”！

生活永远在远方，就如同自由总在高处，所以人才有不安分，才有寻找，才有失意。庄周梦蝶，虚虚实实之间原来才是存在的本真！

时间的味道

半夜3点我从梦中醒来，再也没睡着。上午跟新房东李太太联系好了搬家事宜，李太太是华人，南方口音，或许是港台人，说话听着还挺爽快，毫不犹豫地答应了我可以提前几天入住，暂定本周六下午。接下来该是整理衣物、打包行李，准备来美之后的第三次搬家了。

张凤教授发来邮件，确定了本月30日上午10点至11点的采访安排；给导师发了邮件，约他有时间出来吃中国餐，兑现我的诺言；同时日本朋友Yuri也发邮件来约吃饭。一系列邮件往来，耗去了上午的大部分时间。

午饭后，黑云压城，天气异常闷热。怎么都想不通一年中冬天长达半年的波士顿，夏天怎么会这么热。没有让房东安装去年声音大得像拖拉机似的窗机空调，开着一个小电扇，坐在热风里煎熬。

我根本没法休息，开始整理书籍杂物，其实更多的是整理过去的自己。一边在网上找来钢琴曲 *Kiss The Rain* 听着，享受着音乐的凉意，一边想着近来依然流行着的发问：

时间去哪了?

于我，并没走远！小心保存着的每一页纸片、每一个匆匆写下的数据和字词、一些没舍得丢弃的购物袋、每件洗过叠过的衣服，上面都残留着我过去十个月的分分秒秒。且不去想窗外绿了黄、黄了枯、枯了又绿的四季轮回，染霜了谁的鬓发；也不去细问太阳升了落，落了升，给白昼新添了多少皱纹。自觉不出心的老，新添的灰发里藏着时间的味道。

5点半雨停，没有警报中的龙卷风和冰雹，也没有圈子里笑传的“风大时请抱紧身边的胖子”的必要。只是出门没敢走远，绕着一个block在附近散步。天空是那种透着绿的蓝和透着蓝的绿，赤的、橙的、红的、黄的、粉的、灰的、黑的云朵卷着舒着，可以羞月。可惜没有单反相机，没能真实copy（拍）下让人心醉的大美。

晚上在客厅和Lida聊了几句，她再次提醒说，我们周末搬走时都不要流泪，说她从希腊回来后我们还有足够的时间再聚。本来今天的我没什么感觉，让她这么一提醒，反倒心里泛起了酸。知道她也是个感情脆弱的人，早在一个月前谈起搬家，她都湿了眼圈。今天这番来得突兀的话，不知她是想安慰自己还是我。她和女儿在这里住了两年多，生活的影子和影子里该有的情感想必会弥散在屋内的每一个空间里。比起我，她舍不得的，更多。不管怎样，都由衷地感谢她这份感情。

我很幸运

周六，我只做自己喜欢做的事，读自己愿意读的书，这样过了一个上午。18 ℃的气温，屋子里有点冰凉，渴望不闷热的温暖。

11 点多，我去两条街之外的谭姐家还了她的书，她今天不在家，说好的放在她家门口就可以。最后一次走在常常散步的街上，两边的树叶和草坪还是那么绿，鸟叫得还是那么甜，松鼠在马路边跳得还是那么肆无忌惮，野兔跑得还是那么欢，我，只是路过。世界那么大，谁也走不完全程。路过本是生命的常态，不管是旧地还是新域，都不必太在意。

午饭是昨天的剩饭，午休被 Lida 搬家前的节奏打乱，没法静下来干任何事情，该装的都已经装箱，只剩下 24 小时内还要用的必需品。只是来的时候一切都装在三个箱子里，也没买几件东西，怎么还有那么多装不完！打包历来是 D 的强项，之前每次出门，我只是把要带的东西收拾在一起，等着他变戏法似地把凌乱收纳得整整齐齐。看着眼前这些显然无法全部塞进箱子里去的衣物，良心发现似地想起了D的好。

一年之内的第三次搬家，还好没有破一个好友的五次记录。刚到美国的第一个住所，一踏进门就觉得气场不对，理应尽快开包收拾行李安顿自己，可心里很是排斥，晚上连床都没怎么铺，盖着被罩凑合了一夜。第二天晚上就搬到第二个地方，尽管条件比第一家好很多，现在回想起来，其实还是没有安顿下来的意识和直觉。二房东说因为沟通出问题，暂住几天没问题，不能久住。记得我当时挺崩溃的，开始在网上疯狂地找房源，后来查看旧邮件，那几天内竟发出了几十封email（电子邮件），当时的我该有多狼狈和心切，删除邮件时都忍不住同情起自己来了。后来也实地察看了好几个选项，都不尽如人意，直到网上看到眼下这个房子，直觉告诉我就是它。打电话当日去看房，第一眼看到衣袂飘飘下楼来开门的Lida时，就拿定主意要搬过来了。这大概就是逃不掉的命运，避不开的缘分吧。当时只知道房租的数额，连房租包不包括水、电、网费，押金是多少这些细节都没问。

十个月以来大家同一屋檐下的生活，尽管生活、工作基本不同步，只是晚上或周末在厨房或客厅聊聊天，但都能做到以仁、礼、诚相待，所以相处得情同姐妹，十分和谐。知书达理、知性大气的Lida，还有她乖巧懂事的女儿Emma，让我在这十个月的访学生活里，尝到了友情的味道。

至于性格怪异的法国姑娘Laure，就算我生活中的一段小插曲吧！从她那里至少了解到美国一个特殊阶层的不易。她搬走之后彼此就再也没联系，听Lida说其实她该交的房租尚没交清，钥匙还没有归还，当时只和我匆匆说了

声再见，丢下房间里满地的垃圾，还有放在地上没有刷的两个杯子和两只碗。就祝愿她的生活越来越好吧！

很自足于自己的好运。身边的朋友圈里，很少听说谁可以和房东处得这么融洽。曾有段时间，抱怨房东的是是非非几乎成了朋友间的见面礼，好像谁不吐槽几句都不好意思张口说话。朋友霓被房东断水、断电逼了出来，朋友泓被房东气得成了祥林嫂，朋友蓉因冲突打了911。就在前两周，微信圈里还有朋友和房东闹别扭，发状态求教懂法律的朋友。我很幸运！

下午5点我出门散步，天色阴沉，预报明天还会下中雨。雨中搬家，算是老天为我安排的接风洗尘吧。

27号，在Belmont住的最后一晚，也是来美整十个月的时间。

再见了，雨夜！

搬进新居

我早上6点半醒来，外面下着大雨，雨滴敲打着窗户，风吹得房门吱吱响。大雨下了一整夜，早晨快7点了还像平时的4点，还没有停的意思。

约好下午2点搬走，还有一上午的时间。早饭后，我打开电脑找来喜欢的歌，一边开始仔细打扫房间的角角落落，一边想象着下一位寄住者会是谁。他会像我一样，每天起床第一件事是打开窗外看日出，每天傍晚看日落吗？他会坚持每天给窗外景致拍一张照记录风霜雨雪、四季轮回吗？他会每天用手比画着丈量地平线上的太阳从南到北的步子吗？他会有什么样的工作、生活方式？怎样庆祝高兴的时刻、打发寂寞的时间？此刻这个完全属于自己的空间又将很快成为别人的私人领地，这个世上几乎没有什么不可以被代替。

如果说前几天是给自己打包，今天就是给后来者打扫了。送玫瑰给别人，总会给自己留点香。完全理解昨天晚上说晚安时Lida忍不住说她有点舍不得走的感觉，也想不通 Laure 怎么能像陌生人那样逃离。那一刻，我的心情很复杂。

午饭煎鸡蛋烤面包，下午 2 点我离开了住了十个月的地方，走的时候雨还在下，没有多少难过，Paul 帮忙把所有行李搬下楼，Lida 停下手里的活儿，开车送我到新住址，走的时候两人稀里哗啦流眼泪。新房东李太太是香港人，挺随和，不住在这里。一楼同住的还有首都师大的晏老师，临时住在这里的一个哈佛女博士，还有一位出去旅游了不在家的小伙子，身份还不清楚，都是中国人。一个厨房，两个卫生间，四个卧室已经住满，隔音差是美国人住房的共同特点。新的卧室紧邻厨房，外面的说话声确实不小，很难保持自己生活的私密，这是目前发现的不如意的地方。

不过室内面积大了一倍，房间里有了沙发，正规的橱柜有两个，小床换成了双人床，房租贵了近 200 美元，一人独享这么大的面积，竟有点土豪的感觉。

大概收拾了一下衣物，由晏老师热情引领，去附近的超市买牛奶水果。最近的超市只需走五六分钟就可以到达，较之前方便了许多。

新的环境、新的厨房、新的室友，一切都有陌生感，晚上不想做饭，吃了水果饼干，洗澡休息。13 ℃的气温，房间里冷飕飕的，双人床显得又大又没有温度。折腾了一整天，我靠在床上没看几页书就困得睁不开眼。新的一夜，期待更新的明天。

新环境带来好消息

早上7点整外面一片寂静，仿佛能听到自己脑子缓慢转动的声音，没有汽车经过，连鸟叫声都很少。屋子里也没有动静，大家大概都属于夜猫子，应该是还在梦中吧。新的环境，应该换个新的节奏，不能像前几个月那样懒散，不知不觉间已经偷得浮生半月闲了。今天抓紧时间准备明天的采访内容，继续在网上阅读相关资料。下午张凤教授打电话来确认时间，不得不佩服她的认真，本来我准备晚上再打给她的。没隔几分钟又打来电话，说哈佛毕业的马英九11号来波士顿的中国城，让我私下联络十来个人，到时候跟她一起去见面，并嘱咐我保密。这个任务应该很好完成，群里101人，找十来个靠谱的朋友一起去还是很容易的。再说那么帅的马英九，谁不想去看看本尊。

晚上私信了十来个朋友，没有一个拒绝，个个很兴奋。不管怎样，就算追个政治明星也值得！

房东李太太打来电话，催要这两个月的房租，且连早搬来的这两天也算在里面，75美元！精明的商人，这么不厚道。

下午6点，跟晏老师一起去了附近另一个较大的超市 Stop & Shop，距离住处步行十来分钟。这里的部分蔬菜、水果价格比 Star Market 便宜很多，香蕉只有0.39美元，感觉不买都有点不好意思。在这里生活确实方便，只是住在一楼，打开窗户看到的是别人家的后院，视野受限，窗外不再有朦胧的远山，也没有高低起伏的森林，更看不到落日余晖，有点遗憾。但这里至少适合看书学习，新环境的第一天，感觉蛮不错！

久违的阳春面

早晨6点多我被外面唰唰唰的雨声惊醒，十几年了没住过一楼，感觉像是被关在笼子里，有心从窗户里看出去，可是视线有限，夏日里雨天灰蒙蒙的，退而环视房间，心里堵得要发疯。知道必须整理昨天的采访日记，也该开始改阅学生催了好几次的论文，更该为手里的书稿赶进度，但在这样的天气下，就是没法安静地坐在书桌前。颓废的我，没治了！

我几乎没有任何成效地浪费了一上午，接了两个电话。一是Ruth打来的，说她家11号上午有个聚会，专门教女性怎样用新鲜的水果、蔬菜护理皮肤，约我去她家，特别感兴趣，算了算与见马英九的时间并不冲突，答应了下来。第二个电话来自黑人朋友Debra，一接通就问我是不是把她忘了，说怎么不打电话联系她。说她有亲戚得了癌，她八月份不在波士顿，问我哪一天回国。没敢细问怎么回事，约好等我搬家安顿好了联系她喝咖啡，挂完电话有点忐忑，生病的是不是她？上帝保佑热情善良的Debra！在日历上标明时间，7 月下旬一定记着约她。

近来我还在纠结 7 月份要不要去中南部玩。这应该是在美国最后一次远行的机会，8 月 21 日去纽约采访莫里森，之后去华盛顿玩两三天，回来后就该为回国做准备了。最后的两个月该怎样过？

午休后我还是没有急着整理张凤访谈录的内容，开始改已经推了一个月的在职研究生的论文，还好不是那种一看摘要、前言就恨不得关电脑的文章，这项工作持续到下午 5 点半。6 点过后，晏老师要去附近的中国超市 88 超市购物，跟着他一起去熟悉一下环境。步行半小时的路程，到达后才发现原来之前随哈佛政府学院的张老师来过这里。中国超市，一走进去就有股浓浓的中国味儿，里面中国特色的食品、蔬菜、水果不仅齐全，而且价格比 Star Market 便宜很多，最重要的是能够买到诸如大白菜、上海青、油麦菜、茼蒿之类的绿叶蔬菜。满载而归，也暗自决定从明天起认真干活，以对得起这种消费和购物的热情。要不然最后这两个月里，长得可不是知识！本来晚饭只打算吃点水果，看着买回来的龙须面和这么多蔬菜，做了一碗久违了的阳春面。

晚上我写了封很正式的邮件给前房东 Lida，向她表示了我的感激并祝她和 Paul 的希腊之行快乐安全！

7 月份开始的一天，喜忧参半。

品尝啤酒花

上午我开始整理采访记录，其实把口头语转换为正式的文字没有想象中那么简单，毕竟谈话时的逻辑总没有书写时那么清晰、条理、有深度，而且需要按照被采访者的口气和学识找出相应的书面表达风格。我想之前看到过的所有访谈内容（除非视频资料）大概访谈者也做过这样的转化过程。录音笔当时的声音调得太低，几乎听不清楚，好在但凡重要的信息也都记忆犹新。

上午10点多有朋友来看房，宁波的天天，生物化学专业，听起来蛮时髦，但苦衷只有自知。她明年5月份回国，打算9月1日我回国后搬进来。聊天过程中才得知比起社科类专业的我们，她们的访学压力更大。每天按时按点上班，经常做实验到夜里12点，导师白天太忙，往往晚上八九点才集合大家询问实验情况。更纠结的是，不是每次辛辛苦苦的实验过程都能达到预想结果，也常常会使整个准备、观察、守候的过程变得毫无意义。当然若有发现，就是成果。隔行真如隔水隔山，我们只需把书借出来独自阅读、理解、消化后变成自己的东西，再在广泛阅读的基础上让不同的思想、认识相融合、碰撞，进而想象、激发出新的观点和思想。至少没有他们看起来那么多的身体疲累，至于脑细胞的运用、消耗和死亡，大概不相上下吧。

下午 4 点出发，和朋友们约好去剑桥中心的凯悦酒店参加啤酒会，免费进入，品尝啤酒花，还供应比萨。很好奇这家全球知名酒店里面的设施到底有多奢华，以及他们是如何运用各种手段扩大知名度的。建筑外形是那种有错层的构架，共 16 层，一楼的接待大厅和别的饭店没什么两样，舒适豪华的餐厅在三楼，每个房间都有伸出来的精巧的小阳台，面向清澈的查尔斯河，摆放着充满情调的沙发椅和茶几，好一个生产浪漫的地方！啤酒花的展览设在三楼一个同体的搭着凉棚的阳台上，有专人介绍啤酒种类，也有一桌放置着各式名酒，需要付费购买才可享受。参观的人寥寥无几，我们没坐太长时间，尝了一种蓝莓酿造成的啤酒花，拍了几张照片，在酒店的小花园里聊聊天，晚上 6 点半步行沿查尔斯河返回。阴天里河水呈现出透明的青灰色，少了平时耀眼的蓝。

同去的还有泓的大学同学的闺蜜，对外经济贸易大学的庄，经济学专业硕士毕业后在证券公司工作多年，又回炉读博士后任教。这次她是陪同上高二的女儿来哈佛，读只有 50 天、学费高达 1.6 万美金的 Summer School（暑期学校）。因为是全封闭式的管理模式，她基本没什么事情做。一路回来聊天时才知道她具体的专业是股票投资，在中国的股市里摸爬滚打几十年的人，深谙内部行情且有深厚的专业知识做后盾。

晚上 8 点半我跟着 Google（谷歌）地图，磕磕绊绊，总算回到了住处。临睡前和朋友们在微信里商定出游美国南部三个州的攻略和行程、机票，达成共识。商定本月 5 日齐聚 Widener 图书馆，最后敲定机票、汽车票和宾馆。期待这次远游。

做攻略太头疼

又逢周日，原本上午计划在家看书，10 点半晏老师问要不要去中国城购物，需要买水果了，便和住楼上的博士生小丁一起去了趟附近香港人开的 88 超市。来回用了整一个小时，不得不吐槽途经的街道，房屋布局拥挤，路面凹凸不平，路边绿色很少，脏乱差的程度不比中国某些小城好多少。真有点想念住过的 Belmont，任何时候路过社区的小街，各家各户的前厅后院堪比花园，草木如茵，花团锦簇，标新立异、个性十足的门廊，总能激发人们无限的想象。

午饭后去图书馆和朋友们（武汉来的甜儿和黎，还有泓）会合，一起做美国南部八天自助游的攻略，初步计划横跨美国南部路易斯安那、佐治亚和南卡罗莱纳三个州，游新奥尔良、蒙哥马利、亚特兰大和哥伦比亚四个城市。四人分头查阅机票、住宿、旅游景点，确定好时间，15 日飞新奥尔良，22 日从哥伦比亚飞回波士顿。相对而言，机票最难搞定，因为需要组合查阅合适的时间和打折最多的航班。

幸运的是，返回的机票订了最便宜的票价，每人只有

121 美元，比去的机票便宜 70 美元。城市之间的长途汽车票最难搞，不同的运行公司、不同的时间段、不同的日期差价很会大。因为同时还需要核定在每个城市停留的天数，日期必须最先确定下来，才能提前订长途汽车票。

Widener 图书馆地下餐厅，四个人，四台电脑，四个手机都派上了用场，忙活了几个小时，到下午 5 点半关门时间，还没有预订完汽车票。转战黎所在的语言学系办公楼的 common room（公共休息室），泡了免费的咖啡，继续订票。晚上 6 点半甜儿有约提前走，只好各自返回，晚上继续。

几百条微信来往，凌晨 1 点还未选定宾馆，只能约好周一上午继续。这也是自助游的麻烦，八天行程中的每一个细节都得考虑周到，出行前准备工作的细密决定着出门后的舒适度，所以大家都很仔细，吸取了之前所有的经验教训。

愉快退货记

天气闷热，上午9点半我走在去学校的路上，体会到了什么叫烧烤。从新住处到学校有两趟公车66路和86路可以坐，但两头各有一段不短不长的距离，且行车过程需要穿四个红绿灯，用时和步行基本一样，很不方便。一路上想着最后的两个月要冒着炎炎烈日每天暴走一小时，真有点怀念颠簸但凉快的公交73路。

上午10点我去银行换了点零钱，来到图书馆地下餐厅继续和朋友们商定行程，上午的任务主要是订好四个城市之间的汽车票，再在网上查找性价比高的宾馆。好运再次光顾，竟然订到两个五星级酒店，价位便宜得不像话。这是五星级酒店的一种促销活动，定期有部分宾馆参与，off 80%（打两折）。顾客需要在网上碰运气。因为是四人分摊，价位可以接受。

临近中午12点，预订完所有的机票、车票和宾馆，还有些时间，于是大家分头查找，连下飞机或汽车去宾馆的线路都已经查清楚，以防到时候网速有问题 Google（谷歌）用不了。每人平均546.2美元，八天四城游，已经是最实惠的了。

为了庆祝预订成功，四个人午饭去了附近有名的御堂春吃中国餐，午餐是套餐，有虾、有牛肉、有鱼、有青菜，每人加小费共10美元，色香味比自己做得更优质。

午饭后我返回图书馆，扫描完一本书后，在自习室里面的沙发上读了会书，效果不佳，下午3点半返回。

住所新搬进来的是对外经济贸易大学学经济的庄，来哈佛送孩子上Summer School（暑期学校），她出发去法国旅游前在这里小住一周。所以下午5点陪她去了附近的Star Market买了一些生活必需品。6点半出来散步，发现晏老师一人在对面的篮球场打篮球，于是过去凑热闹，穿着拖鞋扔球玩了近一个小时。球类运动还是比单纯的散步更有趣味性，被晏老师鼓励，又有球类运动的基础，打算以后只要有机会多练练。

说起刚刚买回来的葡萄不太新鲜，晏说为什么不去退了？拿着刚才的小票，和庄又一次去了Star Market。五分钟的路程，就当锻炼身体了！在服务台说明了情况，那里的工作人员只瞥了一眼，二话没说退回了钱。这是来美十个月来第一次退货，真像传说中的那么简单。特别欣赏商家的这种态度，绝不是退换了我6美元，他们对顾客的包容和信任所赢得的口碑和好感，肯定会远远大于6美元的葡萄价，受益的岂止是顾客！

闷热难耐

Somehow（不管怎样），我要感谢今天这个桑拿天气！上午 9 点下了一点阵雨，空气闷热潮湿，放弃了昨天商定好的去参观波士顿五大学校中的最后一个大学——Brandeis University（布兰迪斯大学）。新住处装了中央空调，但同住的另外三位不像我这样 775 美元水电全包，他们因需要分摊每月的电费，所以不太愿意开空调，只好待在闷热的屋子里，开着一台只能吹出热空气的台式电扇读书。一时间回想起了大学期间待在西安外语学院宿舍楼的五楼，夏天受热浪煎熬的记忆。那时候宿舍里连电扇都没有，考试前大家会把脚放在冷水盆里降温、复习。几十年都没有受过这样的热！期待一场酣畅淋漓的大雨，怎么也不敢相信刚刚过去的冬季还曾有过堆到几米高的雪堆。

午饭前，前天刚搬到楼上的庄下来找我，提议合伙做饭吃。庄是位很细致的女性，比起我这种粗线条的人处处表现出认真和精心，包括情感感悟。她说起前天晚上自己一人待在脏兮兮的屋子里，女儿在哈佛封闭的暑期学校学习，有种凄凄惨惨的可怜，难受地流了眼泪。为了女儿的未来，现在就过这样的生活。又谈起还在上高二的女儿将来的离开，眼泪汩汩地流，惹得我也跟着矫情。曾经为自己的 emotional（情绪化的）性格到难为情，今天才见识到一个更脆弱的同病者。女性的脆弱有时也蛮可爱的，刚刚还在谈天说地，说起敏感话题却泪如雨下。

中午我们一起做了米饭，烤牛排、炒西兰花、酸辣白菜，外加一碗蛋花汤。一顿不错的午餐，尽管由于厨具有限，菜、饭、汤盛在奇形怪状的饭盒、盘子和大小不一的碗里，难看得都不好意思拍照留念。午饭吃到下午 2 点，热得无法安然午休，起来继续看书。大概是没有指望出去玩，所以竟安心坐下来读了不少。

晚饭后天气稍凉，购物、散步、打球。

跟庄学厨艺

我宅在屋子里看书一整天，效率却并不高。下午6点和北京的庄步行十分钟左右，到附近的超市Stop & Shop买菜，今天终于在满货架的美国菜里看到中国白菜，没有犹豫挑了个大小居中的放进购物车，心里盘算着这下可得吃两个星期。结完账才发现这个白菜共花7.5美元，折合人民币将近50元。不是土豪的我，享受不了拿50元钱买回一个（并不大的）大白菜的奢侈，直接拿去入口处的服务台退掉。只要告诉工作人员我不想要了，他们连看都没看一眼，就态度友好地退了现金，尽管买的时候刷的是信用卡。这种贴心的服务和对顾客的全然信任，在美国已是常态。不被怀疑、挑剔甚至鄙视的顾客，大概也不会有欺诈行为和恶意吧。这一点，是我们国内的短板。

庄的拿手菜是煎鱼、煎牛肉，热锅倒油，两三分钟翻转即可。之前凡是肉类，只知道炒，竟不知道原来煎肉也会这么方便，还学会了一样菜——肉丸子。往瘦肉馅（美国超市里卖的任何肉都只是瘦肉，不见肥肉）里倒点生油、酱油，放葱、姜末少许，撒些盐，拌匀后用手团成丸子，放进微波炉里加热不到六分钟，一盘香喷喷的肉丸子即可出锅。这是今天学到的第二个菜式，回国后一定试试。看来想当然地以为有难度的事情，不是因为多难，而是因为未曾尝试过。

中午我们吃的是炖排骨，本来晚餐是可以省略的，因为朋友庄下来，吃了顿额外的美餐。饭后在附近散步到 9 点半，聊得最多的是各自的工作。庄是位天资聪颖的女性，2012 年才从上海财经大学调动到对外经济贸易大学任教，炒股是她的第二职业，因为精通国内外经济，炒股少有失手，她的言行、决策、生活内容和未来打算皆可证明。感谢缘分，送我一位无话不说的好朋友。

赴一场怪才的约

七八月份是回国季，111 名成员的微信群里，有 20 多位老师要回国，大家再次嚷嚷着要大聚一次，上午在圈内发了这样一条信息：再不聚聚就老（WAN）了！亲爱的兄弟姐妹们，咱这个家在十个月的时间里，从一个随意的“姐妹淘”发展到眼下的“参差百十人家”，尽管有淡浓、疏密、近远之别，有来来往往，但圈内友爱不缺，人“气”兴旺。归巢季，宴席总会散。应多数人的愿望，有意于 7 月 27 日（周一）中午小聚，地点暂时选定在海边附近的一家自助餐厅。烦请有时间去的老师们尽快在群里举个小手或私信我，以便和老板进一步砍价。期待、感谢大家的参与并祝好！

很快报名人数有了近 20 位，于是联系好了海边的一家自助餐厅。随后还根据高人支招，在网上下载人人可以随时进入填写、更正个人信息的 Excel（表格），填报个人资料，一边保持联系。一上午我仅读了几页书。

下午 6 点出发，去了位于 Cambridge（剑桥）的岳林的家，参加在那里举行的文化沙龙。先说说岳林其人，50 岁左右，祖籍安徽，独身，中科院硕士毕业后来哈佛读科学史博士。毕业后按他的说法算是对得起高级知识分子的家庭，然后就开始过自己想要的生活，棋琴诗画成了生活的基本内容。在波士顿自己组织了“北桥诗社”，写诗、读诗、赏诗，作曲、指挥、演唱，上知天文，下知史地。自恃视金钱为粪土，别人对他的任何夸赞在他眼里都是小看。岳林这个名字在波士顿华人中无人不晓，但真没有几个人知道他的真正职业。绝对的狂人一个，随时公然批判任何一位知名学者，批驳身边人所有的话语和思想。他在波士顿已组织过 300 多场纪念中国文化的活动，而且亲自下厨、自掏腰包，为参加活动的人准备吃喝。今晚的活动就是为了答谢上次参加端午节的听众，特选择部分观众去他家庆祝。说话时以劳动人民自居，口头禅是“anyway”（无论如何），打电话时会带着诚意和不能再低的卑微，交流时却锋芒毕露，不放过任何一次反驳嘲弄的机会，而且自己把这种行为方式定义为幽默。晚上 7 点准时到他租住的公寓，一进门就闻到他做的一桌子菜的香味，有水晶肘子，更有他在任何场合都不忘标榜的酸辣汤。他的房子格局是一室一厅一厨一卫，客厅堆满了各种非同寻常的乐器、树根、花草。厨房里的厨具占满了所有的空间，大大小小的锅放了一地。从门口望进去，卧室里只有一人能通行的小缝隙。显然这是一个缺少女主人的家！

饭前他从厨房出来，卸下围裙，背起吉他，用浑厚丰满的男中音唱了阿凡提的欢迎歌，热情奔放，然后详细解释了桌上菜的色香味和吃法，说自己当年来美国就带了两本汉语的菜谱，如今每天看五个频道的美食节目，做饭成了艺术享受。满汉全席对他来说不在话下，打开一瓶香槟酒，请每人说了敬酒词，便开始吃饭。饭菜的味道证明了他的有些话并不夸张。

饭后才进入主题，时间已到晚上 9 点半。拿出他打印好的与“北桥”有关的六首诗，发给大家朗诵后自己进行点评，最后一首是他自己写的有关他去世多年的母亲的诗。点评到个别诗句他激动得全身发抖，朗诵自己的诗到关键处，他泣不成声。感情在无处不张扬的他的身上表现出来，确实让人动容。紧接着他流着泪弹唱了一首幽怨缠绵的歌，倾泻着作为诗人每个细胞里的爆满的情感。那一刻，我忽然心生同情。不晓得他的精神世界里有着怎样的追求和色彩，只觉得他的灵魂一定会很孤独。有这种特质、有这样禀赋、有这样怪才的人，在现世注定是一位寻不到琴瑟和鸣的伴侣、觅不得高山流水的知音的飘零的、孤寂的人。他并不快乐，除非他把自己放逐在自己迷恋的诗词歌赋上，或者说诗词歌赋也不是他要的生命形式。他要的，这个世界给不了，他的同类给不了，这个时代更给不了。

不得不说，岳林是生活在第四维空间的人，和这个时代的人完全错层而居。他最应该生在唐宋，盘起凌乱的发髻，甩两袖清风，做一个浪迹天涯的疯狂诗人，仰望苍天长啸，俯瞰大地诘问，遇山而攀，逢海踏浪，像极了饶宗颐所说的“诗人境界，一般已不在凡间一半”。

这是我目前为止见识到的最具个性和激情的人！回来的路上我们的共识是：不在一个频道，见识一次就够了。

必先利其器

司机记错了时间，凌晨4点6分打电话来接我们去机场，被吵醒后好长时间失眠。早上8点我才起来，上午在网上阅读收藏了好久的书，开始查阅要去的旅游景点的相关知识。这次和朋友泓、甜儿、金四人的自助游，将跨越美国南部路易斯安那、佐治亚和南卡罗来纳三个州，主要游玩新奥尔良、蒙哥马利、亚特兰大、哥伦比亚四个旅游城市，涵盖了名著《飘》里的主要地理背景。我们计划乘坐明天早上6点的航班，4点就得从住所出发。美国国内航班上只供应咖啡和饮料，没有饭菜，所以大家分头做攻略的同时，还得准备点干粮。

有人说，出门旅游，带出去多少知识，才能带回多少见识。所以出行前的攻略无论如何不能省略，大概了解一下目的地的基本风土人情、历史文化等知识，到时才会更有感觉，因而也会收获更多。简单的寻花看柳，哪里都可以完成，何必千山万水，劳筋动骨地去旅游。正如一个残破的瓦片能让考古学家激动到泪流，一轮残月可以让诗人感慨万千，都是因为他们之前的知识积淀，所以才有似曾相识的亲切感，有想象的丝丝缕缕的关联。而对旅游地基础知识的了解，可以让游人眼里的自然、人文景观变得立体、生动，有质感，因而也会有不一样的感受、期待和心境。

午休至3点40分，也可能因为天气阴沉，这两天白天困得怎么都睡不醒。饭前我继续在网上补充目的地的人文常识，饭后在附近的街区散步。天下着零星小雨，屋子里闷热，临近9点再次出门站在门廊边纳凉，看到了一场天主教堂的朝圣仪式。对面的天主教堂举行七月份每周二晚上的宗教仪式，大约一百多教徒唱着圣歌，绕教堂一周，队列的前面几个人抬着一个桌子，上面放着一些贡品，颇像陕西老家办丧事时的祭祀活动。天色渐晚，一群人在白天的忙碌之后，面带虔诚，手持蜡烛，在暮色里用行动表达着对心目中神的敬畏和赞美。至少在那一刻，他们大概会心无旁骛，安宁平静。在喧嚣与纷扰的现世，愿意把自己的身心毫无保留地交给上帝的人，心中一定不会有多少焦虑吧！

晚上10点多我打点完行李，回了几封邮件，读了几篇散文后已是11点。洗澡休息，期待明天。

再不疯狂就老了

将功补过，白天不热不冷，老老实实待在屋子里看书，小有收获。中午起，又一轮的活动倡议在微信圈里滚动。

先敲定的是本月 26 日去海边酒吧，这几乎是所有人的愿望，临场体验美国的酒吧文化，不是为了喝酒，纯粹为了刷存在。

27 号中午 12 点是现已有成员 120 名的“哈佛户外”群里的第一次海边聚会；另有朋友提议去 Portland（波特兰）一日游，那里可以出海看鲸鱼，价格比波士顿便宜，毫不犹豫，网上先提前买了车票，时间是 8 月 3 日一整天；还有朋友倡议周末去波士顿中心看免费的莎士比亚戏剧《李尔王》，很高水准的戏剧表演，平时票价至少 30 美元，首次免费奉送，何乐而不为，约好本周六下午 3 点。这一系列高密度、快节奏的活动安排，被身边这帮智商高、兴趣广、热情似火的朋友们，称之为“最后的疯狂”。

“再不疯狂就老了”，群里不少人都将在八月底回国，随着回国时间的临近，朋友圈内大部分人近期都活跃在美国的东西南北。部分朋友在远游之后，又在努力细数过去十个月内留下的遗憾，于是小活动不断，但凡有倡议，响应者云集。读书做学问的事儿，大概要暂时靠边站了。

下午7点半我出外散步，穿过两个blocks（街区），走过天桥，豁然出现在眼前的竟是离住所步行十分钟路程的查尔斯河，平阔空旷的大草坪，碧绿平缓的河水，安静的岸边小道，休闲漫步的人群，好一个室外“桃源”式的空间，而且离住的地方这么近！脑子里瞬间出现陶渊明的“从口入。初极狭，才通人。复行数十步，豁然开朗。土地平旷”，只是这里纯是自然美景，没有“屋舍俨然”“良田美池桑竹”，也没有“阡陌交通，鸡犬相闻”。或在河里浮游或在岸边踱步的野鹅群，墨绿色的河水上划桨的人影，天上飘动着的层次分明的灰色云朵，河边水池里摇曳在微风里的水莲，点点苍茫的暮色下，满世界的水墨画，灵动、精致、梦幻、神秘。流连忘返最能表达那一刻的贴切感受。世界这么大，咫尺天涯，都有自己不曾知晓的地方。在美国的最后一个月里，有这样的地方洗涤风尘，放逐自我，庆幸！

依赖查尔斯河

我上午一早去了学校，校园里绿树成荫，掩映着红砖楼墙，草坪上七彩的座椅看着也能觉出惬意和舒适，夏天的哈佛校园，美得让人窒息。游人如织，穿梭在各个楼群之间，与静态建筑形成动与静之间互动平衡的美。哈佛是一所有灵性的大学，静静地走在校园里，常常会被一种说不出来的气场所触动。

借书三本，还书四本，扫描四本，读了几页书，下午1点返回。

午休至下午3点，读书至晚上6点。饭后我再次去了附近的查尔斯河边，周五的黄昏，美国人大多会选择在家团聚或去酒吧，来这里休闲散步的人明显比前一天少很多，而且大多是亚洲人的面孔。依然是青岸绿水，依然有波光粼粼，依然有成群的野鹅，依然有人泛舟经过，天地人物，共生和谐。这样空旷的美景，这么少的行人，只感觉很是浪费，也庆幸在美国的最后一个时段里有个好去处！

莫使金樽空对月

周日上午，零星的雨时下时停，天色阴沉，看书、处理邮件、给朋友们分享照片，Google（搜索）明天中午聚餐的路线和集合地点，且用百度搜索了吃自助餐的攻略，发到微信圈里让朋友们乐一乐，笑倒一大片。到了上午10点，我面对电脑，困得脑袋都耷拉下去了，于是提前午休，睡觉到中午11点。

下午读书至晚上5点半，和朋友们相约去海边酒吧。这是华中师范大学甜儿上次南方旅游未了的心愿，也是泓和我决定回国前一定要做的事情之一。为了回来时安全，还邀约了三位男士当保镖，北京的晏、石家庄的张和上海的皮。首先到中国城有名的台湾餐厅吃晚饭，一进门就被喧嚣的说话声和典型的中国菜肴的味道震撼了，里面用餐的不只是华人，白人、黑人大约占了五分之二。还好去得早，落座半个小时后，等着用餐的队排到了街边近十米。七人各自点了自己喜欢的菜，外加店里的两大特色美食，吃到了晚上8点。

饭后步行到了 Long Wharf（大码头）海边，周日的晚上，海边人很少，静默空寂。月亮高悬在天空，海水泛出透亮的蓝，远处的楼群闪着悠悠的光，街边的霓虹灯映在水中央，漂荡在海岸边扬着白帆的船不知载着谁的梦想，近处停泊着的一个个神气十足的快艇，炫耀着主人的富有，偶尔有不安分的海鸥在低处盘旋寻着家……夏夜，黄昏，明月，白帆，天海一色难分辨，华灯初上。

坐在街边的露天场所，点了七瓶啤酒，海阔天空地聊，悠闲地品，家事、国事、天下事在海光、月光和灯光下被聊成酒话。其实没有谁会喝酒，更没有谁贪酒，只是想欣赏月夜海边的美景，体验一下美国的酒吧文化。不知不觉间已过 10 点，步行穿街坐地铁，才发现波士顿中心的街道上很是冷清，除了偶尔有汽车经过，几乎没有行人。原来美国人庆祝周末确实开始于周四的晚上，周末不包括周日的晚上。不知道他们是真的为了保证第二天的工作精力还是文化习惯使然。周日晚上 10 点半，波士顿空荡荡的街上，只活跃着一群体验民风的中国人。

美食美味美好心情

微信群里吵吵了近一个月的聚会，今天总算正式实现了，报名的有30多位，今天实际到场的有23位，其中大多是八月份回国的老师。地点选在海边一个中国人开的自助餐厅，交通稍有不便，大部分人约定在哈佛广场地铁口集结。坐红线、倒橙线、再转蓝线，步行十分钟左右，12点整到达family grill（家庭烧烤）。尽管是周一，偌大的餐厅里却人流不断。挑了一个独立厅的两个长桌，大家便开始“自食其力”了！各种肉食、海鲜、蔬菜、水果、甜品，各大洲的特色美食基本都有。可是胃口有限，再多的种类、再美的口味，最多一饱眼福而已。正所谓“弱水三千，只取一瓢饮”。饮食过量，伤的是自己的身体。

吵吵嚷嚷、吃吃喝喝、说说笑笑、热热闹闹，结束时已经下午2点。北京的锟替大家先刷了自己的信用卡，其他人付账给她，加税加小费每人消费10.33美元。这也算是在美国最便宜的自助餐了。

天气太热，我们放弃了去海边游玩照相的计划，在餐厅的外面选址合影留念。之后，有人要在附近的 Shopping Mall（大型购物中心）购物，有人要去海边看沙雕，大部分人回学校。一场以吃为主的聚会总算在大家“酒”足饭饱后顺利结束了（美国的餐厅里不供应酒水，买酒、喝酒必须出示代表身份的证件或护照，十八岁以下儿童不许进酒吧）。饭菜的质量和价位弥补了交通上的不便利。美食美味美好心情，是今天生活的主旋律。

大约晚上 5 点我回到住处，洗澡休息至 7 点，一人去附近的 Stop & Shop 买了蔬菜、水果、日用品，在微波炉里烤了玉米当晚饭。晚上的微信群里比较热闹，大家晒出的合影，引来其他没来的老师们真真假假的嫉妒、讨论和围观。

7 月 27 日，来美国整 11 个月，现在做小结还有点早，努力过好每一天，不枉费。

美国人的温度设置

今天的生活内容可以直接copy（复制）昨天的大部分，除了更闷热的天气。一楼的西晒酷烈难当，屋里闷热得坐不下来。午饭后我给房东李太太打电话抱怨，她提议本月给她加40美元空调费，问我能否接受，我当然拒绝，因为本月有近十天我会在外面。过了一会儿房东又来电，这一次却很爽快地答应安装空调，说没想到波士顿今年的天气这么热。但美国的习惯，夏天制冷的空调是由租户自行安装，走的时候可以带走。不过看在我为她在120多人的微信群里打广告拉生意的份上，同意尽快解决。

下午3点，闷热加剧，我在群里发了状态："大家都还好吧？请问热死在美国，找谁偿命？"有人回应"到学校图书馆避暑，别忘了穿袜子、带外套"，有人说知足吧，比起国内42 ℃，这里才31 ℃。美国的冬夏两季，让习惯于用勤换衣服抵御寒暑的中国人，实在摸不着头脑。冬天按常理穿毛衣坐在图书馆，会出汗，夏天按常识穿裙子坐在图书馆，会冷得想太阳。美国人夸张的温度设置真让人难以理解。群里朋友们回应的穿外套、穿袜子的微信内容绝不夸张。

好不容易熬到晚饭后出去散步，河边异常清爽。房东打来电话说为我准备了大一点的电扇，难道两个电扇对着吹，能吹出来冷气？还说自己身体不好刚做过手术，不方便上街，言外之意，空调的事儿泡汤了！商人！

我散步回来已经晚上 9 点，武汉的张和杭州的詹把她们的部分行李拉过来暂时存放在我的屋内，她们都是八月中旬回国，七月底又必须从租住的房里搬出来，所以回国前都会在这里小住几天。近一段时间来这里短租的熟人不少，笑称我们这里成了客栈，但凡回国的人都得在这里歇脚。

看着堆满墙角的大箱小包，不知里面装着的是她们一年前从国内带来的对根的牵挂，还是这一年来在美国捡拾起的生活碎片。人到中年，抛家舍业、远渡重洋，以一个中国知识分子的身份，品尝着美国文化中的苦辣酸甜，有对比、有失落、有开心、有沮丧、有回忆、有梦想，苦乐相宜，得失自知。

现在开始总结一年来在美国的学习生活，为时尚早……

喜迎新邻居

从昨天晚上开始，气温有所下降，上午没去学校，在家等朋友甜儿搬家过来。武汉的甜儿，1980年生人，我们访学圈子里中年龄最小、口碑最好的一位。总是让我想起多年前读过的池莉小说中武汉姑娘的范儿：坦率、直白、泼辣，但聪敏、善良才是她最大的特点。去年带着上小学的女儿和刚退休的妈妈一起来访学，妈妈一个月前已经回国。女儿上小学，妈妈料理家务和做饭，她像个学生一样，日子过得很舒服。甜儿8月6日回国，7月30日必须从原房东的屋子搬走，就剩五六天，所以来我这里寄宿。房东每天收费10美元，只因为我的房租是全包，而其他人按月收费，说怕别人有意见。比起住宾馆，10美元确实不算多，但讲起人情，真有点过分。

一同搬过来的，还有河北科技大学的张，原来住的地方离哈佛太远，趁假期调整了住处，搬到了这座house（房子）二楼的空房。租房是访问学者需要面对的最棘手的问题。要么房价太高，要么房东太刁，要么距离学校太远不方便，要么和同屋的人处不好，访学生活一年，说起搬家，似乎人人都有话说，谁未曾找房源、搬家折腾几次，都不好意思说自己到过美国。

我帮忙收拾完行李已经 12 点，和晏老师一起去了最近的一家日本餐厅吃料理，四人每人 15 美元点的日本餐，除了几个寿司，就是价格不菲的生虾、生鱼片了。看着切得厚厚的生鱼片，一点胃口也没有。午饭后甜儿出门上街购物，我返回休息至下午 4 点，网上读了会儿昨天下载的汉语书，时间已是晚上 6 点半。室外很是凉爽，室内因不通风依然闷热，匆匆下了点面条当晚餐，之后和晏、张一起去了河边。

周末的晚上，河边的草坪上搭营聚会的人不少，家人聚餐，朋友聚会，有唱有跳更有笑，很是热闹。晚上 9 点我们返回，草丛中蛐蛐儿高一声低一声有节奏的叫声，把思绪一下子带回陕西老家的夏夜，星光、萤火虫、蛐蛐叫，更有与它们缠绕在一起的童年的种种美好。

八月的第一天，悄然滑过。

为甜儿送行

今天一天像是在过节！上午甜儿去了学校办理她回国前的一些事情，暂住楼上的庄发微信约中午一起做饭吃。我看了几页书，下了十本电子书之后，开始炖排骨，这是一道最省事、最没有技术含量的菜。做饭方面大多数人都是我的老师，上次从庄那里学会了做肉丸和煎鱼，这次乘胜追击，趁有人指导，做了牛肉丸复习巩固。甜儿下午3点从学校回来，又张罗着打牌玩，她刚开始学，热情高，再加上明天回国，几个人便又凑到一起，在一个装了捡来的空调的屋子里打牌至晚上6点。晚饭是东西南北的大会餐，各自带着半成品的饭菜，微波炉一热，各式各样的盘子、勺子和饭碗凑到了一起，算是给甜儿最后的晚餐。

下午Lida发短信询问近况，还打听我去采访莫里森的事情进展，主动提出帮忙，最终敲定了时间、地点。时间是8月21日，地点是莫里森在纽约的家。

今天家里人很多，没有时间订车票、查线路、订宾馆、做攻略，这是明天必须完成的任务。在美国出行，提前预订车票、机票不仅方便，也省钱，不同时段订票，会有成倍的差价。需要花时间认真琢磨，越提早定下来越好，明天最好能完成。

饭后五人一起去查尔斯河边散步，在夕阳余晖里，尽情地享受着河边的晚霞、微风和净朗的空气。云层变换着形状和颜色，自由地漂浮在碧蓝的天空中，夜幕下泛着波澜的河水里，有人泛舟，有鹅浮游。路灯把浅黄色的光束投影到河水里，朦胧出迷人的夜景。河岸上跑步、骑车锻炼的人和往常一样多，这些看上去健康、阳光、快乐的跑步者，逢人一般都会露出善意的微笑，让人感受到瞬间的温暖。

我们散步回来近晚上 9 点，已经有点疲倦，再次满足甜儿的要求，打扑克牌至 11 点。过程很好玩，结果头昏脑涨，结束了又一天。

没有网络度日如年

我今天比平时起床早，7 点半吃完早饭开始工作，8 点多网络出了问题，起初觉得像被丢进一个黑洞里，与整个世界失去了联系。静坐下来读了一上午书，也有种久别的安然。不用碰到任何问题就问网络，不用频繁地刷屏回微信，不用时不时查收邮件，更用不着关心国内外大事小情，更清楚地意识到自己的存在无关紧要，整个世界与自己的关联并不多。

但吃午饭的时候特别不适应，一年来已经习惯于在自己的房间吃饭，在网上找一些喜欢的视频或音乐，以补充勺子碰碗的单调。有了声响，味觉都会变得不一样。于是给房东打电话，说网络出了问题，希望尽快修好。独处的时间久了，会对网络越来越依赖，觉得虚拟但却动态的网络里有回应，有声音，有对话，也就有自己。

下午开始我一直打喷嚏，有些头晕，没怎么看书，又不能上网，打开了收音机听声音打发时间。晚饭后房东和她的女儿一起过来，调制了放在她女儿屋子里的路由器，网络重新接通，尽管速度像蜗牛。晚上在网上做攻略，确定纽约的宾馆、交通以及去莫里森家的线路，还有纽约去华盛顿的时间、地点、车票等事宜。头绪太多，几个小时过后依然还在对比中。因为不急着做决定，搜了朱丽叶·罗伯茨的电影消磨时间至午夜12点。

Lida 面授机宜

上午约好了和原房东 Lida 吃午饭，终于在中午 11 点出发前读完了最后一页书。天气晴朗，但温度不高，步行去哈佛广场附近的中国餐馆“御堂春”。走到哈佛书店，先到的 Lida 在路对面招手，她已经停好了车在那里等待。

周六的中午，餐馆吃饭的人并不多，大多是中国人。点了一盘蒸饺、两个春卷、一盘素什锦、一盆火锅鱼。一个月不见，Lida 还是那样娇瘦却精神，聊得最多的是她和 Paul 去希腊的十日游，她女儿 Emma，还有她刚刚搬的新家。这是我承诺要请她吃的中国餐，花费 51 美元，剩下的食物分成两半打包带走。

Lida 说她特别喜欢希腊，那里的文化历史和自然景观，让她感觉回到了家。美国这个移民国家，大部分人的根在欧洲。我能理解她那时的感受，那是一种陌生的熟悉和熟悉的陌生感。即使是第一次走进，却好像来过很多回，或在梦里，或在幻觉中。那里的山山水水、花草虫鱼、某个建筑、某条街道、某个身影、甚或是某种味道，都似乎曾与你有过关联，撕扯着你的回忆，会若有所失，会隐隐作痛。冥冥之中有种爱和被爱的感觉，但当你张开双臂，却会有不知道拥抱什么的失意和无奈。这大概就是潜藏在一个民族个体心中的集体无意识吧。

Lida 说女儿 Emma 即将开学，她昨天已经列出一个长长的购物单，下午开始为女儿买床上用品等杂物，脸上带着掩饰不住的激动和高兴。毕竟是女儿人生中重要的一步，当妈的最能体验其中的苦与乐。说女儿的男朋友 Nick 已经开学，读的是传统军事院校——美国著名的西点军校，他家族的很多成员都毕业于此。两个年轻人鸿雁传书，用的不是微信和邮件，而是传统的书信。

说起了新搬的家，她很是满意，说邻居们都很热情，说物理空间缩短了她和女儿的心理和情感距离。Emma 不再一回到家就戴着耳机听音乐，而她在家工作，也不是把自己一人隔离到一个人的小屋，母女俩交流的方式多了，时间长了，也更方便了。

我向她请教去拜访莫里森时应该注意的问题，这方面她算得上专家。作为一家猎头公司的小头目，Lida 每天都会面试不同的人，怎样进行一次有意义的谈话对她来说是小 case（事情）一桩。感谢缘分，让我认识了知性智慧的 Lida，是她直接鼓励我去见莫里森，也是她提议我找导师 Gates 教授帮忙，促成了这次梦寐以求的机会。她今天的很多建议和提议都是我可能会省略或忽视的问题。

饭后我们一起去了哈佛书店，她要为女儿买本心理学方面的旧书，没有找到，我倒是有收获，花了 6 美元买了本法国作家范农的《黑皮肤白面罩》的英译版。下午 2 点我们一起取回一个月前做的名片，在车站和 Lida 说了再见。

下午回到家继续从网上搜书、下书，并买好了从纽约到华盛顿的车票。饭后和晏、张以及宁波大学的李一起去了河边散步至晚上 9 点。

周六的晚上，网上读汉语书至午夜 12 点。

领事馆遭遇

一周以来第一次去学校，感谢晏老师帮忙，把甜儿留给另一个朋友的东西带给她。我上午快9点半到达图书馆，一路的热在冷飕飕的空调室里迅速被凝固，扫描完一本书后，不得不出来在太阳底下取暖。11点半去银行查看近几个月的生活费发放情况，因为从六月份开始，已经没看到纽约领事馆发来的邮件确认函，不清楚八月份的生活费是否发放到账。美国银行宽敞的大厅里坐了不少等着办事的人，他们的工作流程是，顾客可以直接去前台向那里的接待人员说明来由，然后坐等给他们分配的相关业务人员。只需坐在舒适的沙发上享受免费的 Wi-Fi，自会有人十分热情地来叫你的名字，像客人一样被领到办公室，服务人员先递上水，然后为你服务。热情自不必说，贴心、耐心、周到，客户能有上帝般的感觉。我说明缘由，递上银行卡和哈佛 ID（身份证），几分钟内近三个月的流水账打印出来，服务员装订好递到我面前，临走还为我送上一天的祝福。这样的服务无懈可击，被别人尊敬真是一种美好的感觉！

12点半我返回住处。相比之下，纽约领事馆的中国同胞的表现，却让人怒火中烧。先是打电话询问情况，被直接推诿了三次才找到。说明原因后，听到的唯一带着不耐烦的解释是，不要看有没有邮件，确定自己是否收到生活费不就行了！发送邮件是基本流程，六月开始已没有邮件，不知是因为懒惰还是疏漏。下午再次打电话询问，我说银行流水账上八月份没有进账。这一次给我的解释是，再去查查总账，看看一共发了多少！网速太慢，直接调出所有的邮件，算清发放金额，还是不对。再次打电话过去说明情况，对方要求我把所有的账单打出来扫描之后发到他的邮箱，但却拒绝透露他的邮箱地址，让我上网查找。用网上的邮箱地址发邮件，显示地址是错误的。于是一个下午都在网上银行慢如蜗牛式的网速里查找记录。好不容易算清数据，又被告知算的时候不应该算国内提前预支的4000美元。需要重新计算好后再打电话！临近晚上5点才搞清楚，原来他们实际发放的生活费和邮箱里说的从来不一致，每月不是按照1800美元的标准发放的，所以怎么也搞不清问题的症结。我想不通的是，这位工作人员为什么不在一开始时把话直接说完整？不用这样挤牙膏似的说话方式会死人吗？不能笼统评判部分同胞的职业道德、工作态度和自身素养，可现实总比波士顿冬天的寒冷和夏天的燥热还令人无法接受！有时候，生活让人碰到令人厌倦的事情，是想要锻炼你看清世界的能力。我拿这句话，安慰自己浪费的那么多精力和时间。

今天一天，书只看了几页，人性，却认识了一大截！

“血拼”免税日

今日最高温度31.7 ℃，上午起床较晚，10点去了中国超市88。这次也可能是回国前最后一次去中国超市购物，之后基本不需要大规模采购了。

今明两日是马萨诸塞州第一次免税周日，上街购物几乎成了所有人的选择。午饭后和李、张、晏一起去了波士顿中心的Macy（梅西百货），里面的顾客没有想象得那么多，但各种品牌的化妆品柜台前，人比平时翻番。商家早已做好了准备，捆绑式销售，打包赠送各种礼品。每一个柜台前，还专门有讲汉语的售货员。除了为华人鼓囊囊的腰包感到骄傲外，还为中国人感性冲动的消费观感到难堪。也许现实真的使我们十分认可国外商品的质量，也许有“一朝被蛇咬后”的心有余悸和惶惶不安，也许仅仅是随大流的盲从，只是挤在大多数华人的队伍里，有些上当的不甘和难堪。国外名牌化妆品的营销手段五花八门，平时全方位轰炸式的优惠，让你觉得不买点东西太对不起卡上的美元，更对不起自己。适逢本周末没有了平时6.5%的税，自然成了一般人心目中天上掉馅饼的好事。

三个小时过后，除了张，我们都没有经得住诱惑，各自都有收获。自认为还比较谨慎的我，还是被卷入这次购物潮，瞬间想出多种斩钉截铁的理由，花 255 美元买了套可以储备至明年的化妆品。

下午 5 点半返回，天气突变，刮起大风，白云变成乌云，雷声阵阵，一场预料之中的大雨倾盆而下。室内同样燥热，屋里三人在厨房里做饭聊天至晚上 8 点，这种即将过完的集体生活，有时也有其无可替代的快乐和开心。

旧友话新生

周日，合租的人都在，网速慢得连邮件都没法查。半天时间用来读汉语的书和文章，半天时间仍用来准备访谈。晚饭后我去河边散步，每天路过的老人院门口，总是固定坐着几个老太太，其中那位带着明显南方口音的黑人老太太，总会热情地抬手打招呼。回国前一定找机会坐下来和她聊聊天，了解一下她们的故事，了解一下她在这里的生活细节。

河边的草坪上，有几组野餐的年轻人和家庭聚会。月初，西天的月牙又细又弯，总担心会被一阵邪风吹跑，星斗稀少，天空显得浅淡而澄明；路灯下的查尔斯河，泛着幽幽的波光，草丛里蛐蛐的叫声从柔和的夜光中传过来，倔强、干脆、坚定；野鸭在河面戏水，野鹅曲着颈不停地啄着地上的嫩草，野兔梳理着自己的皮毛，松鼠永远机警、忙碌地上蹿下跳；人行道上全副武装骑车锻炼的人，一个赛一个的酷，不时有上年纪的老两口，互相搀扶着踱着小碎步。身处这样安宁、安静的时空，可以什么也不想，什么也都不希望，独享一份难得的安然就够了。

晚上，大学同学梅在微信里搜索到我的踪迹，甚是激动地聊了好久。梅是大学期间的好友兼同乡之一，毕业后一直在一所高校任教。大学期间谈的男友毕业时因误会分手，20 年校庆见面后才消除了误会，不仅尽释前嫌，而且旧情熊熊复燃，各自离婚，重新组建了新的家庭。跟着初恋在非洲做生意潇洒了几年，如今又重回到原单位，愿她幸福。

一晃 27 年过去了，梅看起来依然年轻，从前干瘦的身材丰满了很多。她的父亲已过世，儿子还在上大学，母亲跟着自己过。从满纸的感叹号和夸张的称谓和表情来看，好友梅现在过得还不错，为她高兴！再从她在香港大街上拍的“装嫩”的可爱照片来看，温柔相待她的，不仅有岁月，还有如今的先生。

尽管分别后各自经历着不同的人生，各自有着自己的生活节奏和态度，荏苒的光阴在各自的身心留下不同的印痕，但好朋友隔空遇见，依然能觉出一种熟悉感。不过这种熟悉，并非来自于相似的经历，而是“已经在不同的生活里变成了更好的人，而且永远是同一种人”，成长成了默契。

网上道了珍重和再见，之后便是心中喷涌出的点点滴滴的陈年旧事。失意免不了，失落免不了，失眠也免不了。

领教大厨手艺

早上5点，一群大雁从空中飞过，凝重的叫声透过窗户吵醒了我的好梦。梦初醒，开始猜想，那该是一群整理好行装和思想南飞的雁群吧！夏去秋来，时光渐远，归期到，它们是否带着一个夏天满满的回忆？表面的欢叫声中可藏着什么样的心情、心思？身与心成长、成熟了多少？有没有什么放不下？经历过什么样的酸甜苦辣？有没有期待中的收获？有没有不想面对的生活？怀揣着什么样新的希望和梦想？在写不完的猜想和疑问里，我在筛选、收纳着自己一年来的点点滴滴。唯一不同的是，它们是为了生存，而我是为了生活。

大雁开始南飞，波士顿的夏天却并没走远，今天气温高达35 ℃，一起床就感到屋子里的闷热。我昨夜失眠，上午脑子昏沉沉的，看书基本没有成效。

上午10点，回国前来楼上短租的杭州的詹，提议大家一起吃饭。秀气玲珑的詹做得一手好菜，什么样的中西餐对她来说都是小 case（事情），是哈佛微信圈里公认的

“巧厨娘”。访学期间带着可爱的儿子，每天都会想着法儿地给儿子捣鼓好吃的。10点半她开始张罗，以冰箱里剩下的现成食材为原料，在12点半之前做了一桌子荤素搭配、有炒有炖有凉拌，色香味极佳的午餐。只可惜形状、颜色、大小、深浅、型号不一的盘子、碗，让詹的手艺很打折。缘分把来自祖国四面八方的五个人集结在一起，也把各自的兴趣特长聚合在一起，于是一顿不错的午餐，吃出了香甜和友善。

两个电扇对着吹的午休，热的滋味依然无法忍受。我下午2点半醒来继续在网上确认20日、21日的行程路线直到晚上6点。中午的剩菜、剩饭当晚饭，之后去查尔斯河边散步。夕阳西下，无限美！

强大的“哈佛户外”群

连续几天的高温过后，免不了一场雷雨。下午 2 点 40 分，闷雷有一声没一声地响着，沉闷延续了大半天，至天黑也不见雨滴。在闷热的天气里，读着闷热的书，一整天。

群里有人刚刚来哈佛找新鲜，有人已回国在报平安。来哈佛这一年，无心插柳式地建了一个朋友圈，如今已达 130 人。尽管大部分圈友未曾谋面，校园里碰见也许都认不出，却在网上成为熟悉的陌生人。异国他乡，相逢是友也是缘，何必曾相识。自然也有部分“骨灰级”的闺蜜，大部分时间腻歪在一起，一旦有提议，就有背起行囊说走就走的默契，深交到可以讨论最最私密的话题。在这个松散、活跃的世界里，不仅有古树藤枝、有花花草草，有飞虫蝴蝶，还有个性十足的各色鸟儿……

很欣慰本群最大的实惠是给大家提供了信息交流的方便。哪里的饭菜好吃，哪里可以修眼镜，二手车在哪里买，私人飞机怎么开，在哪里考驾照，在哪里能给孩子找最好的学校，怎样和房东讨价还价、斗智斗勇，只要有人问，就有人愿/敢做答。当然，圈内偶尔有人做营销也不算太奇怪……周末呼朋唤友，平日结伙出游，假日拼车购物，除了没见征婚启事，什么样的信息都出现过。

最温暖的莫过于两个月前北京的悦为国内一位朋友患血液病的儿子求医问药的帖子。半天工夫，大家调用了所有在美国的人脉关系，提供了几大页面各种有用或不太有用的信息，表现尤为突出的是那帮学医的朋友。那半天，大家的关心和揪心在微信圈里升腾成贴心与爱心。这种求助信息，让都已为人父母的朋友们多了份更锥心的感同身受。之后谈起这个话题，大家一直认为那是哈佛户外群自从成立以来最温暖的一天。

“哈佛户外”算是来美访学最大的收获之一。来去都是客，聚散只靠缘。祈愿只要哈佛在，这个圈子就会在。只要有网络，友谊就很难丢。

人世间过往的很多记忆，没有风依然会兀自消散，只留下一些人和风景，隐藏在记忆里。我注定会像记住哈佛一样，记着群里的这帮朋友。

晚饭过后，有零星小雨落着，在附近的社区散步，Allston（奥尔斯顿）的社区图书馆让人印象深刻。社区图书馆白天免费向任何人开放，也许里面没有你想要读的专业书，但却可以提供宽敞、亮堂、舒适的读书环境。这种提供精神食粮的公共设施，在美国的每一个小镇、社区都能找到，真想知道，这个为喜欢读书的人提供的贴心服务，不知什么时候能够出现在中国数量庞大的社区里。

纽约会友

早上不到6点自然醒，今天一人独自出门前往纽约，不敢有半点马虎，吃饭整理行装，7点半出发。火辣辣的太阳已经升起。一贯早起的晏老师，贴心地准备好了水果送行。等我25日晚上从华盛顿返回波士顿时，他已经在回国的飞机上，又一位朋友即将分别。

提前四十分钟到达汽车总站South Station（南站），候车大厅里排队的人不算少，似乎没有空调，又闷又热。

上午出发前我在网上交了手机费用，忘了点击流量费一栏，出门后才发现断了网，这样的错误让人绝望，郁闷了一路。好在9点10分才发车的Megabus上有免费的Wi-Fi，否则真不知道长长的五个小时该如何度过。

下午2点15分到达纽约车站。多云天气，有微风，不像波士顿那么热。凭着记忆和打听，4点半才到达朋友家。一路上的疲劳奔波是自己粗心付出的代价。

路上的五个小时，若不是晕车，若不是太颠簸，窗外的景致还不错。白云一路相随，自不必说，车窗前一晃而过的田野、森林、小河、民宅、小桥，大概都是前世五百年修行后的擦肩而过，因此在回眸中才会多了些不舍。一路上望着窗外朵朵浮云，发了条状态调侃一下自己：七夕，在路上颠簸。闲云，约吗？我是野鹤。

朋友在新华社驻纽约办事处当新闻审稿人，家住纽约皇后区，这里是华人和亚非拉族裔聚居的地方，脏乱差是其特点。不过在这样的单位上班，不仅提供住房以及住房内的一切设施，吃饭都有专门从国内请来的厨师。男主人何先生之前在日本做了十年新闻记者，采访过大大小小的国内外政治精英。学业背景是中科院中日文学比较方向的博士毕业，风度翩翩，才高八斗。酷爱哲学，一张口聊天就能感到不可攀的高度，三言两语就能戳中要害，骨子里的自信张扬在每一句话里面。每天只上半天班，今天晚上 8 点才下班，妻子赵已退休，随行至纽约，每天干一些零活，收入却不低。俩人在北京有三套房，女儿三月份刚出嫁给门当户对的好人家。

显然得益于男主人的才学智慧，才成全了这一家人当下的富足和幸福。坚信婚姻是人们下的一场赌注的何先生，退休后还有更大的著书立说的理想。

奔波了一天，旅途的疲累让我怎么也无法准备第二天的采访，11 点入睡。纽约的第一天就这样结束了。

偶遇一位美丽老太

早上 8 点和朋友秦一起出发，乘坐地铁 7 号线，辗转到 Grand Central（中央车站）处地铁口，从 42 街行至 34 街，再从第三大道横穿五、六、七、八、九、十大道找到乘车目的地，确信乘车地点没错后才 10 点整，返回到第八大道一家麦当劳吃早餐，因为出门时疏忽，没有流量无法 Google（搜索）距离和方向，总感觉像傻子似地独行在纽约繁华的大街上，迅即体验到一种强烈的过客感。想到偌大的都市没有自己的一席之地，归属感还不如街边的流浪汉，顿时没了任何自信。繁华的街道，熙熙攘攘的人群，热闹的街市，耸入云端的高楼，时尚耀眼的橱窗，与我何干！奔着自己的目的，行着自己的路，思想汹涌，梦想澎湃，动或静，喜或忧，全是自己。

在麦当劳待到中午 11 点半，步行五分钟返回路边的车站（Megabus 没有车站，等车都在街边），在燥热的太阳下等到 12 点。

上车后旁边坐一个黑人老太太，穿一件蓝色牛仔裤，蓝底白花衬衣，头包一块雪青色头巾，健谈，爽朗，大方。她退休多年，曾在医院做全职，76 岁了，孙子已经 27 岁，一路上有家人不断打来问候的电话，她应该来自于一个富裕且充满爱的家庭。她脸上没有任何皱纹，看起来依然年轻有活力。问起她的保养秘诀，她笑了，说多干活，时刻保持劳动状态。谈到种族歧视，老太太说至少她自己没感觉到，说周围的白人都很好。再说只要自己善良喜乐，别人无所求无所争，就不会被人歧视。平时喜欢做的事是做饭、打理花园，还喜欢看书，她也知道莫里森，正准备看她的《天助孩童》，随手从包里拿出一支笔，让我把书名告诉她，说回家后买来看。显然是个有教养、接受过正规教育的老人。穿着打扮合体，谈吐不凡，并且个性善良才会高雅知性，随身带只笔的习惯让人刮目相看。在如今任何事都讲求速成的世界上，美国社会上还有一群人喜欢读书，更有功成名就的作家愿意忍受寂寞，潜心思考，积极创作，每年都会涌现出销量可观、轰动不小的新书。而国内文学创作市场疲软，不仅没有读者群，更没有轰动的作品出现。昨天我也就这个话题问了莫里森的看法：即在当下金钱就是一切的现实面前，人们如何追求精神的洒脱和自由，作家凭借什么样的动力和源泉保持积极高昂的创作态度？她半开玩笑地做了答：我写作部分也是为了钱。

因为周末路上堵车，行车五个小时了，还在 Baltimore（巴尔的摩），下车后还得经过红线、橙线、绿线的倒腾后才能到目的地。

晚上6点终于到达华盛顿总站，和一路聊得很愉快的Thecler说了再见。因为堵车，尤其是车内厕所出故障，所以中途停车，因而耽误行程，司机道了歉，并鼓励大家写信给汽车公司，且反复强调车牌号是482。6点半我坐红线至Munro Center（蒙罗中心），7点坐地铁橙线至终点Vienna（维也纳），再转乘绿线、汽车半小时后才到目的地。一个漂亮的乡村出现在眼前，绿树成荫，月亮清晰澄明，带着高冷。知了的叫声从四处传来，朋友霞一路关心，精心准备的饺子和八宝粥，还有铺得平平整整、干干净净的床单，都让奔波了一天的我，感到家的温暖。随她来访学的儿子，不到十三岁，说起话来像个十足的男子汉。聪明，懂事，贴心，勤快，这样的孩子注定会有不错的前景，特别招人喜欢。晚饭后三人一起在社区里散步，舒适，凉爽，安静，漂亮，是这个小区的特色。

后来搞清楚，朋友住的地方竟是弗吉尼亚州的Fairfax（费尔法克斯）镇，只是这里离华盛顿很近罢了。意料之外，游走了美国的另一个州！

归途不得闲

我早上5点10分起床，乘汽车、地铁一个半小时到达目的地，在车站咖啡厅等到9点多，10点正式开启了长达一个小时的返程路。明天有好朋友回国的聚餐，后天燕京学社的讲座还没准备好，今天在路上手和脑哪个也不敢松懈！

午饭是朋友准备的贴心的点心和水果。早上起得那么早，一路颠簸却毫无睡意。一边忙着和在机场的朋友晏道别，一边和在厦门的唐商量明天给泓送行的晚餐，一边还在整理后天哈佛中国文化工作坊演讲稿的思路。窗外的天、云、树、林、河、湖等美景通通无心欣赏，来不及回味华府文化的繁盛，暂且忘了旅途的疲累，更不敢去想回国前的各项准备，在心里悉心准备后天的讲座。时间有限，机会难得，承蒙张凤教授盛情邀请，硬着头皮答应下来后，因准备莫里森的采访，所以一直推托到现在。明天一定是场恶战！

从华府到波屯，穿越七个州，日行800千米，历经16个小时，翻山越岭，过桥穿洞，从黎明到黄昏，从清早的昏昏沉沉，到晚上的懵懵懂懂，体验着什么叫疯狂，什么叫疲累，什么是哲学意味的“在路上”。

偶尔抬头看瞬间消失在远方的各种景致，还是一贯的惶惑和失落。忽然发现，其实每次看到任何一个远方，心都有所向往，这是一种赤裸裸的野心还是想拥有不甘的贪婪？是痴迷于远方的呼唤还是对眼下的不满？

晚上 8 点半我准点到达波士顿 South Station（南站），乘坐地铁红线到 Central Square（中心广场）下车，天黑找不到 86 路车牌，随意问了过路的一个女孩，姑娘很热心地帮我查看路线，最后直接说她离我的住处不远，开车直接送我回去。姑娘是印度裔，面孔看起来善良、乖巧且漂亮，互相交换了名片后跟着上了车。一路上这位叫 Kanchana Nanduri 的姑娘介绍说自己硕士毕业于麻省理工大学交通工程专业。要从麻省理工毕业，该有多么高的智商，听起来都让人刮目相看！这个女孩参加工作刚两年，除非外面有应酬，一般都是自己做饭吃，她还说特别喜欢自己的专业和工作。半个小时后到达住所，跟善良的姑娘说晚安！

洗澡休息，再也没有精力回邮箱里几封重要的邮件。明天还有一场恶战，给自己说晚安！

一个人的旅游，太孤单。

相见时难别亦难

再累也得爬起来工作，只有半天的时间准备明天哈佛燕京学社的讲座了，莫里森的访谈内容还没整理出来，PowerPoint（幻灯片）以及相关视频都还没有下载整理。身体的疲劳没有什么，重要的是大脑必须正常工作。朋友泓后天回国，约好下午聚会，晚上一起吃饭，剩下的时间真的有限。还没来得及买牛奶，早饭能够填饱肚子的只有面条和面包。无奈一大早炒菜下面条，不仅不理想，还耽误了时间。饭后我投入工作，10 点多到了极限，休息半个小时后继续赶进度。午饭吃了剩面条，休息 20 分钟后爬起来继续写，下午 4 点半朋友们在网上大呼小叫要求启程时，正好完成了 1 万多字的初稿。友情更重要，5 点出发去聚会，一切留给晚上夜战吧。久违了这样的节奏，确实也能逼出不少东西。如果这么多年下来能拿出现在一般的干劲，学术上的收获一定醒目。

下午 5 点半坐上 73 路返回 Belmont，路边熟悉的街景，车厢内熟悉的站名，下车后熟悉的小街，都让人思绪万千，追忆起刚到美国后初期坐公交时那种陌生的感觉。赶到朋友泓的住处，她同屋一直跟她关系很僵的徐昨天搬离，屋子显得又空又大，宽敞的同时也多了份离别前的空旷。厦门的唐、北京的梅和武汉的黎，做菜方面各有强项，晚上7点已经做好一大桌子的菜，大龙虾、三文鱼、牛肉、鸡翅，就是盘子、碗不统一，影响了观感，以饮料代酒，在泓的家为她和女儿送行。8点半我们告别，拥抱之后是眼泪，将近一年来的你来我往，缘分加上时机，发酵成难舍难分的情分。

晚上9点我到达哈佛广场，站在66路车站牌下等车，附近的酒吧里人声鼎沸，热闹非凡，说说笑笑的行人从身旁散漫地经过，这是别人的世界，是不属于我的异域和陌生。9点半坐上66路车返回，10点开始继续修改明天讲座的稿子到午夜12点。已经不记得多少年没有这样挑灯夜战了。

和图书馆告别

我早上6点多醒来，整理好近一周内来不及发的日志，匆匆吃完早饭，开始整理行装，材料、衣物和新买的几本书，可以轻易地塞进箱包里，而整整一年的访学生活，刻在记忆里秋冬春夏、南北西东、阴晴圆缺、喜怒哀乐，怎样才能打进包、带回国？

我开始以各种形式和各种朋友说着再见，心中杂陈的五味，最后只剩下酸楚，有不舍，有凌乱，有失落，有期盼。

午饭后厦门的梅来访，一边喝茶一边聊着这一年来的生活。梅是朋友圈内唯一的博士生，中文系毕业做美国文学研究，有个还在上小学一年级的帅儿子。梅性情率真、直爽，喜欢和朋友们聊自己的家事，有股女性中少有的强悍。为了追梦，先是辞职读了博士，后来又争取机会来到哈佛，这种不顾一切追梦的果敢，令人佩服。谈到未来，梅说未来的职业规划变数太大，自己不喜欢做学问，不愿意去学校工作，但又担心找不到合适的工作。聪慧的梅应该正处于人生的瓶颈，相信她未来的日子一定会过好。

下午和梅一起去了学校，带着还剩下未还的八本书。Widener 图书馆门前，早已约好的深圳的峻和上小学三年级的女儿 Sugar 早已在那里等待。五月份去尼亚加拉看瀑布时认识了峻和她可爱的女儿 Sugar，一路聊得很投机，之后一直保持着联系。峻来自深圳天虹公司，在马萨诸塞大学访学。看她为人做事稳重老练的风格，就知道应该是公司的高管层，能被选派出来学习经济，自然有了不起的能力和业绩，她的前途不可估量！

几个人一起进图书馆门时才意识到自己的 ID（身份证）已经过期，当时心里涌起的是一种被遗弃、被驱赶的落寞感。从今天开始，和哈佛的缘分已尽？再进图书馆，还得让人以朋友的身份带进去。那一刻才明白当时甜儿被挡在门外的伤心，也体会到每天来参观的游人被挡在门外的失望感。我还了所有的书后，在自习室里偷拍了几张照片做最后的纪念。

之后我专门去了法学院的图书馆，这是大家公认的设施最齐全、最阔绰、最大气的哈佛图书馆之一，且不用说敦实的外观建筑，单就里面人性化的服务设施，就让人有家的感觉。

一走进图书馆大门，左手边有一汉白玉的雕像，是法学院的毕业生、图书馆的第一任捐助者的儿子为他爸爸雕刻的，瞧一瞧每一细节处的精致，就知道当年这位雕刻家没有子承父业是有一定道理的。不像 Widener 那样拥挤，这里到处是宽敞的读书空间，卫生间里有女生需要的所有生活用品，茶点室内有免费的茶和咖啡，四楼的过道里还放着一排供人睡觉的豆子沙发。自习室的桌子上放着一堆堆的参考书，还有厚厚的书稿，有钱的院系就是这么奢侈和任性！

从图书馆出来，峻邀请我们去了她家，那是真正意义上的家，刚刚用 60 多万美元在哈佛附近买的两室一厅的公寓楼。来探访的家人刚回国，就剩下峻和女儿住在这里。同样下得了厅堂的峻，很快做了四个菜外加玉米、馒头和米饭，四人一起吃了顿送别的晚餐。峻说之前总以为自己喜欢读书，原因是自己每月都会买来《读者》读，以为每天读几篇文章就算读书了，昨天听了讲座，才知道自己那不叫读书，还逼着我给她开个书单。我知道峻很谦虚也很低调，其实从社会上学到、悟到的知识更多。晚上8点半我们道了再见返回。感谢峻和女儿的款待！

昨天是哈佛的开学日，本应去学校体验回味一下去年的感觉，今天校园里各种迎新活动已基本结束，只能看见搬着箱包的新生来来往往。

归国倒计时

早上起来，我先处理完一些回国事情，继续打包，所谓的九牛二虎之力，大概通通都用上了，临近中午12点基本完成。放不下的“断舍离”！穿过的鞋子，用过的物，没有用完的化妆品，上面都留有东西南北的印痕，有过往的山水烟云，哪个都不想丢弃。不是小气抠门，总把它们视为生命里不可分割的一部分。尽管明白终有一日，会丢下整个世界，那又怎样？宁愿这样执拗！

泡一杯茶，放一首歌，压制住情绪里的慌乱、失落与惶惑，慢慢品着这一年来的访学生活，满口的醇香里带着一丝若有若无的苦味。生命的内涵、生活的味道，一年的长度，45万字的日志，也难说得清。经历了，见识了，思索过，对比过，就是存在。

朋友们从今天开始就纷纷在网上道别了，武汉的娥、厦门的唐约吃饭，Lida说晚上6左右下班，无论如何要见一面都被我婉言谢绝，一是不想让她们太累，二是不愿当面说再见。下午5点半有人按门铃，门口站着的是刚下班回来的Ruth，由衷感谢她的友情，可惜没时间陪她吃晚饭，半小时后说了再见。

晚上6点半送朋友张回来的路上，一位两岁多刚学着说话的小女孩，一只小手牵着妈妈，一只手抬得很高，用稚嫩的声音说着“Hi，hi” （嗨，嗨），美得像朵花儿。女孩的妈妈说她就是这样，总喜欢和别人打招呼。不由得伸手抱起小女孩，看着她可爱的笑脸，想起了莫里森小说《爵士乐》中的女主角Violet，一个从南部跑到北方讨生活、年近四十而没有孩子的黑人女性，她经常想象着抱着孩子，“就像拥在怀中的一片亮光”。这是我最喜欢的莫里森的语言表达模式，之前只是觉得她把主人公对母性、母爱的体悟，用可以“抱在怀里的光”来描述很是精妙，今天才知道，原来这种表达是来自于生活。抱起那个美丽的小女孩的那一刻，我真真切切地感到一种温暖的亮光。放下小女孩后，还在回味那种“抱在怀里的亮光”的感觉，现在我明白，那种亮光，是一种爱，一种带有温度的爱！

晚饭后我开始认真且彻底地打扫房间的各个角落，希望明天动身走之前，至少保证房间里能像我初次进来时那样整齐干净！不管下一位继住者是谁，希望留下来的是干净整洁和祝福。

倒计时第二天，溜走了。

再见波士顿

今晨6点醒来，天已大亮，而要看见下一个黎明，需要越过2日，直接到国内3日的早晨了。今天是新学年的开始日，是回国的日子，作别随心所欲的日日夜夜，另一种生活模式即将开启，失落、期待且快乐着。

今天也是美国俗称的“moving day”（搬家日）。因为一般的租房合同都是以9月1日为分水岭，这一天必须搬离，所以朋友说今天的市区会很堵，搬家的卡车会很多。最重要的是，路边到处都是清理出来的家具、电器、厨房用具，可以毫不夸张地说，如果有新家，不用花一分钱，半天之内可以装饰起一个半新的家。床垫、桌椅、沙发、微波炉、电脑、电视机、空调、灶具等应有尽有。不知道是美国人大方，还是没有旧家具回收产业，从上周开始，路边似乎有捡不完的旧物，而且被丢弃的东西个个处理得干干净净，摆放得整整齐齐。美国人这一与人为善的人格和意识，不得不令人佩服。

起床后先开始洗卧具，微信群里有朋友上午想要拿走。

空荡荡的床看起来很丑，整齐的床铺才会有家的感觉，连床单都没有的地方，那只是床。

突然想到，告别，不仅仅是潇洒的转身，更是一种秩序的混乱。有时候简单到只需合上一本正在读的书，关上一扇开着的门，叠起一床还有温热的铺盖……然后是带着新的梦，不断修正着的步伐、路径、心态。

早上9点整我去美国银行注销储蓄卡，还有些时间最后一次走进哈佛校园。红楼绿地，满园清爽。下午应该是迎新会吧，Memorial Church（纪念教堂）的门前，再次摆上整齐的奶油色椅子，只是比起毕业典礼时的庞大阵势，只有1600多名新生，毕竟少了许多。木然告别这神奇的校园，穿过查尔斯河，路过哈佛商学院，回到了住了两个月的“家”，同屋的宁和妍都走了，一人在空落落的house（房子）里，最后一次整理行装。发了一条状态：“愿意相信，人生的每次离别，都是重逢的开始，于是把整整一年的访学生活，费心费力地打进箱包，走起！Farewell，Harvard。”收到了手机里满满三屏的祝福、告别和期待，幸福到醉了。

安徽师大的王11点多带走了刚烘干的卧具，武汉的娥陪我吃过午饭后，拿走了所有的剩余物，房东李太太买来午餐，算是离别宴。出租车司机阿伟下午1点半如约而至，说为了感谢我把他拉入我们一百多人的群，多了不少单生意，今天免费送我到机场，还热心地把行李送到了安检处。幸运的我享受着周围这么多人的帮助和友情。

安检很顺利，过关后碰到同在哈佛访学的南昌大学的小伙杨，几个小时的候机变得不那么单调。约了四川外国语大学的李一家，一同在免税店淘了点货，下午4点40分登机。

飞机航行两个小时后，机长通知因机舱内所有卫生间出故障返航，在美国上空飞行了四个小时后返回地面，近凌晨1点才返回市区入住海滨四星级酒店。只好自我调侃：只是因为少说了一声再见，被过度热情的波士顿多留了一晚。所以，下一次一定要说：波士顿，再见！美国，再见。

没有精神享受宾馆的豪华，在疲累中昏睡。

意外频发的归程

早上 7 点我在宾馆醒来，吃早餐时才听说，原来半夜 1 点前台有通知，说给十五分钟的时间下楼坐车去机场，夜里有航班可以飞回国。这时候才想起来洗澡时 miss（错过）的一个电话。原来和住在这里的其他 14 个乘客一样，错过了提前回国的航班。早餐后大家情绪激动，意见很大。海航地勤人员的工作能力、责任心实在不敢恭维！这么重要的信息，怎么不想办法落实到每一位乘客，而是让宾馆前台打个电话、走个过程、做做样子！真的无语！

之前看到不少乘客和乘务人员之间起冲突甚至大打出手的新闻，总觉得是有的乘客素质太差，怎么就不会心平气和地处理事情，今天才见识了海航的服务。昨天下飞机后，等待宾馆大巴的过程就让人哭笑不得。有位小伙子指挥大家一会儿东一会儿西，从楼上到楼下来回折腾了五趟，到宾馆的距离只有 11 分钟的路程，从他联系车到坐上车整整用了四个小时。这种应付突发事件的能力，弱智得让人鄙视！

更可笑的是，到了机场才知道原来住在另一宾馆的乘客，有服务人员一个个敲门通知，都已于昨晚坐上回国的航班，而负责我们这个宾馆的人却不知为什么没有作为。大家不解的是，航空公司有每个人的详细联系方式，这么重要的信息为什么就不能逐个通知？人该有怎样高度的理性和素养，才可以在面对这类事情时表现出从容和淡定！听到一位北京爷们毫无顾忌地骂娘，竟也没觉得他的言行与个人素养有何干系！现实教会人不要轻易去评判别人，也许他有别人永远无法知道或了解的无奈和委屈！

中午 12 点终于到达机场，负责人员在大家的斥责声中，无言以对。经过再次安检，一行人被安排到贵宾室继续等待今日的航班。飞机在延误了 24 小时后，终于在下午 5 点 10 分起飞。9 月 2 日就这样在波士顿结束了。

回望这一年

北京的天空，被昨夜的雨水洗过之后，已经有了秋天的气息。上午9点20分我乘高铁回开封，下午2点到家，一年的访学生活正式结束了。

似水流年，一篇篇地翻看着过去的日志，更像是在欣赏着挂在墙上的山水画，它装点着时间，见证着生命。访学一年，算是给自己留一段光阴的故事。也曾放任时间，放松心情，放空心思，以求达“木鱼虚心，钟鼓空腹”的灵空。而大多时候，是在用肤浅的文字记录心志，也时常在一个时段里回忆着另一个时段里的人和事。春天读花语，夏天乘绿荫夕凉，秋天念霜叶，冬天玩味照进心房的阳光。访学生活，大多时光是快乐的。

然而阳光照不进每一个角落，一年的异域生活，闲云野鹤般的洒脱里，也少不了孤寂和落寞。夏夜草丛中的蛐蛐叫，深秋的南飞雁，周末喧闹的城市广场，熙熙攘攘的大街上的陌生感……一人生活，有时即使红枫尽染，月华满地，也有挡不住的迷茫、无聊和空虚。

若要罗列一年来的收获，除了心智上的充实，还有深刻在记忆里的某些时刻：

第一，采访了诺贝尔文学奖得主托尼·莫里森。

第二，在哈佛燕京学社做了场反响不错的讲座。

第三，奔走在哈佛校园红色的楼群里，听了近70场讲座和68个学时的课程。

第四，走访了25所美国知名大学，用直觉感悟着不同的校训校风。

第五，拜谒了美国黑人民权运动的发源地及领袖马丁·路德·金的故居。

第六，创建了目前139人的“哈佛户外”微信群，为朋友们的学习生活交流提供了方便。

……

句号是终结，更是开始。我曾在几万米高空的飞机上，思考着今后的人生。杨绛先生用了一百多年，悟出了“人生最曼妙的风景，竟是内心的淡定和从容”。我清楚，即使再有一生也达不到她的高度，但这位“双手烤着生命之火取暖”的智者的话，却值得在现实的喧嚣与嘈杂中用心捂着，慢慢品味，慢慢消化。既然在自己的一生里，走不完别人曾走过的路，那就在内心多开几扇窗户，屏息静立，赏外在风景，享独自安宁。

回望这一年，与其说不知如何结束几乎习以为常的生活范式，不如说还没有想好怎样修正调整新的生活。而不管怎样，这篇总结都该以感谢结束。

首先感谢国家留学基金委给予的访学机遇，让我圆梦哈佛。

其次要感谢哈佛，这个370年来培养出无数精英的学术圣殿，她给予每个哈佛人的身份感，她贴心周到的人性化服务，她特有的学术氛围，她散发出的知性的神态、神秘和神奇，让人永生难忘。

还要感谢我的导师Henry Louis Gates Jr. 教授，感谢他两年前对我的申请给予及时回应，愿意收我为徒，让我成为哈佛美国黑人文化文学研究中心首位非注册研究员。他的博学、幽默、低调、随和，都将成为我今后生活的风向标。

更要感谢我的偶像、美国唯一在世的诺贝尔文学奖得主托尼·莫里森，感谢她在读了我的信后立即答应接受我的采访，让我这个普通的读者也能和全球各大媒体主持人站在同一个平台，受邀坐在她家的客厅里，聊了近两个小时我热爱的文学，从而有幸成为采访她的中国第一人。

一定要感谢的，还有在哈佛结识的众多好友，不管是结伴同游、聚会聚餐，还是空中对话，私信聊天，有了他们的陪伴，365 天的访学生活始终不缺阳光般的友爱和温暖。

还要感谢的，是国内的亲朋好友，更有那群可爱的学生们。他们不间断的关注、安慰和鼓励，让我不敢放弃任何一个体验美国文化生活的机会。

最后，要感谢 D 和女儿，我生命中最重要的人。是他们的情与爱，成全了我生命的丰美，尽管身处地球的三个点上，隔山隔水，但一家人灵犀相通，将爱打成结，把情联成网，勾连起一个单属于亲情的空间。我哭，他们也哭；他们笑，我也会笑。

在美访学这一年，对比中发现了国内的种种不如意。正如作家六六曾说过的那样，“我们对自己所处的环境和熟悉的亲人，都过于苛刻。我们希望他们好，但我们没有耐心等他们变好甚至帮助他们向好”，所以对美国某些方面的赞誉和对国内某些领域的不满，一定也是因为“希望她好”，一定也是没有耐心等她变好或是没有能力让她变好而已！

人们常说，世间所有的相遇都是久别重逢，那么离别总该算是下一次相遇的伏笔吧！所以现在郑重地说再见，仍不算晚。

再见了，哈佛大学，一个可以洗涤灵魂的地方。

再见了，77 Gilbert Road，Belmont，十个月里每天看夕阳西下，想世事变迁的小屋。

再见了，20 Brentwood，Allston，回国前最后两个月的居所，那里友情满屋，更有查尔斯河畔的秀色美景。

再见了，剑桥，小小的身躯支撑起几大世界级名校的美丽小镇。

再见了，波士顿，一座文化艺术、民俗风情令人眼花缭乱的古老而现代的大都市。

再见了，美国。